HENRIK STOLZ

Spiel mir das Lied der Liebe

novum premium

Dieses Buch ist auch als
e-book
erhältlich.

w w w . n o v u m v e r l a g . c o m

Bibliografische Information
der Deutschen Nationalbibliothek:

Die Deutsche Nationalbibliothek
verzeichnet diese Publikation in
der Deutschen Nationalbibliografie.
Detaillierte bibliografische Daten
sind im Internet über
http://www.d-nb.de abrufbar.

© 2020 novum Verlag

ISBN 978-3-903271-48-7
Lektorat: Tobias Keil
Umschlagfotos: Indigolotos,
Simonida Djordjevic,
Lagarrigue | Dreamstime.com
Umschlaggestaltung, Layout & Satz:
novum Verlag

Gedruckt in der Europäischen Union
auf umweltfreundlichem, chlor- und
säurefrei gebleichtem Papier.

www.novumverlag.com

„Jeder hat eine Geschichte zu erzählen, dies ist meine."

„Dieses Buch entstand aus dem Gedanken,
dass mein Verstand ohne Hilfe nicht mehr kontrollierbar war.
Ich war gespalten und handlungsunfähig in Bezug
auf jegliche Emotionalität, die mir entgegenströmte."

Inhaltsverzeichnis

Vorwort

Dieses Buch ist der Tunnel zu meiner Seele und verbirgt die Wahrheit des Leidens eines jungen Mannes, der die Liebe nicht suchte, aber entdeckte. Es enthält die rohe Gewalt unverstandener Gefühle, die direkt niedergeschrieben wurden. Es besitzt den Effekt, die Zeilen nachfühlen zu können, die möglicherweise auch der eigenen Seele entsprechen, da ein jeder auf andere Weise schon einmal alles überwiegenden Emotionen begegnet ist.

Dies ist meine Seele, als sie litt, und dieses Leiden spiegelt sich in der Schreibweise wider, die nur grammatikalisch angepasst wurde. Man erkennt die primitive und subtile Art, wie mein Körper durch mein Inneres an der Nase herumgeführt wurde.

Es ist mir wichtig, diese Sammlung nicht für mich zu behalten, um für den Einen Einblicke zu geben und um für den Anderen vielleicht auch eine Lehre zu sein.

Dies ist meine Geschichte, oder besser gesagt, unsere Geschichte. Denn für eine Liebesgeschichte braucht es bekanntlich mehr als eine Person. Dies ist ebenfalls meine Perspektive auf unsere Geschichte. Dies, da ich die Ansicht der Person, um die sich diese Geschichte größtenteils dreht und ohne diese dieses Buch nicht entstanden wäre, nicht oder nicht mehr kenne. Ich weiß, dass es unzählige Erzählungen gibt, in denen Liebe, Beziehungen, Betrug, Herzschmerz und etliche weitere herzzerreißende Gefühle vorkommen. Doch diese Geschichte wird direkt aus dem Herzen erzählt. Ich liebte eine wunderschön aussehende, junge Dame und diese liebte mich. Wir waren komplett. So als hätten wir unsere zweite Hälfte nach dem Mythos des Aristophanes wiedergefunden. Die einzigen Hindernisse, die uns immer und immer wieder in den Weg gelegt wurden, waren der Atlantische Ozean und die Zeit. Sie lebte in Florida und ich in der Schweiz. Und damit ist den meisten schon klar, worin die Probleme lagen. Trotz aller Vorurteile werde ich mich nicht zu erklären versuchen. Meine Meinung änderte sich immens durch dieses Erlebnis und ich kann von mir behaupten, eine negative Einstellung gegenüber Fernbeziehungen gehabt zu haben. Trotz allem verliebte ich mich unendlich und konnte mir vorstellen, den Rest meines Lebens mit dieser, meiner Frau zu verbringen. Die Hoffnung blendete die Realität und ich ritt immer tiefer in die Höhle der Unvernunft. Anfänglich, als wir noch alle Zeit der Welt für uns hatten, waren wir überglücklich. Als das Ende unserer gemeinsamen Zeit nahte und die Distanz es unmöglich für uns machte, uns zu sehen, verloren wir Tag für Tag den Glauben an uns. Ich wollte dies nicht wahrhaben und kämpfte mit all meiner Energie um unsere Zweisamkeit. Ich erkannte die Realität nicht. Ich lebte noch immer in dem Paradies, das wir gemeinsam aufgebaut hatten. Jeden Tag, mit dem wir uns nicht mehr sehen konnten, schwand die Glaubwürdigkeit, während meine Hoffnung stieg. Sie stieg ins Unangenehme. Ich wurde anhänglich und begann verkrampft, mir diese Situation einzuverleiben, sodass all dies meine Energie entzog. Ich gab all meine Kraft und all meinen Einsatz und nicht annähernd so viel kam zurück. Dies brachte mich zur Verzweiflung. Ich konnte all dies nicht verstehen. Ich fühlte mich verarscht vom Schicksal und belogen von der Liebe. Ich erkannte im Schönen den Hass. Ich befand mich in einem unaufhaltsamen Zug tiefer ins Verderben fahrend, vorangetrieben durch die Zeit.

Als ich all dies nicht mehr aushielt und ich meinen besten Freund Max nicht mehr mit all meinen Problemen überhäufen wollte, kaufte ich mir in Perth, Australien, ein leeres Notizbuch. Max und ich waren zu der Zeit, in der ich den Tiefpunkt erreichte, auf Reisen. Wir entschieden kurzfristig im Februar 2017, dass es nun an der Zeit sei, so wie viele vor uns, Bali als unser Reiseziel auszuwählen. Wir hatten wunderbare Ereignisse und trafen die interessantesten Menschen, die man sich nur vorstellen kann. Unsere Freundschaft stärkte sich immens und wir genossen jeden Augenblick. Wir hatten Erkenntnisse und machten Erfahrungen, die uns niemand mehr nehmen kann. Unsere anderen Freunde, mit denen wir auch sehr eng sind, sagten ebenfalls: „Was in Bali und auf euren Reisen passierte, das wisst nur ihr und das kann euch keiner nehmen." Denn wie ich bereits erwähnte, war der absolute Tiefpunkt meiner Gefühle genau zu dieser Zeit. Nun befanden wir uns, nachdem wir kurzerhand einen Flug nach Perth buchten, in jener Stadt. In dem Kunstmuseum, dem wir einen Besuch abstatteten, entdeckte ich das Buch: dunkelgrün mit goldenen und roten Mustern, die diesem Exemplar wunderschöne Eigenschaften verliehen. Ich sah es und erkannte meine Aufgabe. Ich sollte meine puren und ungeschliffenen Emotionen direkt niederschreiben, um so meine Gedanken zu analysieren. Sofort gekauft, saß ich vor dem Museum und wartete in einem Café auf meinen Reisepartner. Wir saßen nun da, schlürften vorzüglichen Kaffee mit etwas zu knabbern. Ich schrieb all meine Gedanken nieder, die ich bereits auf meinem Handy notiert hatte, bevor ich dieses Buch erwarb. Dies ist mein Buch und dies ist meine Geschichte über die Erkenntnis der Liebe, mit Trauer und Hoffnung direkt aus der Büchse der Pandora.

Einleitung

Die Perspektive des besten Freundes

„Sie haben Ausgang bis dreiundzwanzig Uhr dreißig. Dreiundzwanzig Uhr dreißig ABV." Mit einem der schönsten Sätze, den
der Militärjargon zu bieten hat, beendete der Kompaniekom-
mandant seine Rede. Ungefähr zweihundert Soldaten schrien
voller Tatendrang ein erleichtertes „Merci!" über den Waffen-
platz zurück. Im selben Moment löste sich die geometrisch exakt angeordnete Menschenformation, der man mit einem ge-
schulten Auge den Grad der einzelnen Bestandteile entnehmen
konnte, in Windeseile auf. Einem Ameisenhaufen gleich stoben
die Uniformierten geschäftig auseinander, um kein Minütchen
der kostbaren Freizeit missen zu müssen. Endlich Feierabend!
Ich ließ die graue Kaserne hinter meinem Rücken verschwin-
den und schritt mit meinen Kameraden in Richtung „Soldaten-
stube". Ihrem Namen alle Ehre machend, füllte sich die Knei-
pe, inklusive bewirtschafteten Vorgartens, rasch mit durstigen
Stimmen und genießerischem Gelächter. Auf runden Servierta-
bletts dahergeflogen verwandelten uns die kühlen Biere in eine
angeheiterte Gesellschaft.

Ich hatte vermutlich ein Maß über den Durst getrunken, als
mich meine Blase um eine Erleichterung bat. Ihrer Bitte Folge
leistend erhob ich mich und ersuchte das stille Örtchen. „Eine
neue Sprachnachricht" leuchtete mir von meinem Handydisplay
entgegen. In freudiger Erwartung lauschte ich konzentriert der
Stimme meines besten Freundes, während ich mich bemühte,
keine allzu große Sauerei zu veranstalten. Im Verlaufe seines Be-
richtes wandelte sich meine Mimik so sprunghaft, als trainierte
ich gerade meine Gesichtsmuskulatur. Es begann mit einem Lä-
cheln, doch dann riss ich die Augenbrauen hoch, nur um sie im

nächsten Moment zusammenzuziehen; hierauf rümpfte ich die Nase, schob den Kopf leicht hervor, presste Ober- auf Unterlippe und blies danach die Backen auf, aus denen die Atemluft unter einem leisen Zischen langsam entwich. Als die Nachricht beendet war, stand ich noch immer vor dem Pissoir, den Blick auf die weiße Wand gerichtet. „Das kann nicht sein", dachte ich. In den ersten Sekunden hielt ich seine Nachricht für einen Scherz, denn diese Art von Scherzen schien ihm ganz ähnlich. Aber nein, dafür war seine Stimme viel zu gelassen, sie klang ernst und zielorientiert, so als wüsste er wieder einmal genau, was er wollte. Ich kannte ihn schon einige Jahre und wusste bestens, dass seine Ideen manchmal auf spontanen Entscheidungen basierten. Diese Geistesblitze und Spontaneität mochte ich auch sehr an ihm; zu einem neuen, kurzfristigen Abenteuer würde er niemals „nein" sagen. Doch das, was er jetzt berichtete, war einfach nur dämlich! Absoluter Schwachsinn! Was hatte ihn dazu gebracht, diese Entscheidung zu fällen? Wie kann man nur auf den Gedanken kommen, im Alter von 19 Jahren eine Fernbeziehung von Europa nach Amerika zu führen? Völlig absurd, blauäugig und unüberlegt.

Mit offenem Munde stand ich noch einige weitere Sekunden in Schockstarre, unfähig, diese Information in einen sinnvollen Kontext einzuordnen. Doch ebenso wie der Alkoholrausch die Reaktionszeit erhöht, fühlt man sich auch in seiner Meinung und Weltanschauung bestärkt und ist dazu geneigt, weniger Selbstzweifel auszuüben, ganz zu schweigen von den Bemühungen um Objektivität. Als ich meine Fassung wiederfand, zögerte ich keine Sekunde, ihm ebenfalls eine Sprachnachricht zukommen zu lassen, um darin meine ungefilterten Gedanken mit gehobener und lallender Stimme mitzuteilen.

Ob ich heute anders daran denke? Gewiss. Nicht nur weil ich die ganze Sache nüchterner betrachten kann, sondern weil ich mit ihm und durch ihn gelernt habe. Dieser Entscheid veränderte ihn, so wie uns jeder Entscheid in gewissem Maße verändert. Eine Entscheidung für etwas ist zugleich eine Entscheidung gegen etwas anderes. Er schlug den risikoreichen Weg ein, nahm

Kosten und Leid in Kauf, um sich für sein Bauchgefühl zu entscheiden. Viele der Auswirkungen und Konsequenzen, die dieser Entscheid mit sich brachte, durfte ich miterleben und einige wenige davon sogar mitgestalten: angefangen mit der Sprachnachricht, meine überstürzte Antwort auf seine Kundgebung bezüglich des veränderten Beziehungsstatus sowie dieses Buch, das Sie nun in den Händen halten.

Am allermeisten beeindruckte mich die Kraft, mit der er hinter seiner Entscheidung stand, und die Ausdauer, mit der an ihr festhielt. Ich finde, eine der wichtigsten Eigenschaften, die das Menschsein ausmacht, ist die Fähigkeit, sich für das einzusetzen, was man liebt.

Meine Perspektive

Dies ist die Geschichte, die von Drittpersonen als kitschig und kindlich betrachtet werden könnte. Die Geschichte, welche die meisten als „nicht schon wieder so ein Quatsch" oder „immer die gleiche Leier" abstempeln werden. Doch diese Geschichte entstand nicht auf dem Schreibtisch. Diese Geschichte entstand im Herzen zweier junger Verliebter, die nicht den Verstand eine Geschichte schreiben ließen, sondern dem Willen zur Zärtlichkeit, Zweisamkeit und Liebe eine Chance gaben. Diese Geschichte ist nicht wie jede andere nach Struktur und Handlungsablauf aus den Lehrbüchern entstanden. Diese Geschichte enthält keine dramaturgische Struktur, die stur eingehalten wurde. Nicht der Gedanke, eine Liebesgeschichte zu schreiben, ließ diese Zeilen ihren Lauf nehmen. Hier wurde die Liebesgeschichte gelebt, gefühlt und ist so real und pur mit allen Emotionen, die darin vorkommen, dass dieses Buch auf meinen Erinnerungen und nicht meinen Fantasien beruht.

Kitsch war ebenfalls nie meins und ist es immer noch nicht. Ich denke zurück an all diese Erinnerungen und ich fühle all diese Emotionen wie damals, doch wie mir all dies geschah, ist mir bis heute ein Rätsel. Jeden Tag verblasst die Wahrhaftigkeit dieser Erlebnisse ein Stück mehr. Jeden Tag entferne ich mich gefühlsmäßig mehr von den Erinnerungen, die mir geblieben sind, und jeden Tag zweifle ich mehr an der Tatsache, dass dies wirklich ich war. Ich sehe Bilder, auf denen wir abgebildet sind. Ich habe die Erinnerung dazu im Kopf, doch ich erkenne mich nicht mehr. Die Glaubwürdigkeit, dieses Erlebnis gehabt zu haben, schwindet immer mehr. All diese Geschehnisse sind so außergewöhnlich und wirken mit der Zeit immer unglaubhafter.

Ich möchte aber diese Erinnerung für immer behalten. Ich erkannte so vieles über mich selbst und über das Leben durch all diese Erlebnisse, dass ich trotz des vielen Schmerzes, den ich erlitt, diese Erfahrung um nichts in der Welt eintauschen würde. Ich erkannte den Wert, von einer Person wahrhaftig respektiert zu werden, mit all meinen Fehlern und Wahrheiten. Ich erkannte, was es hieß eine Person aufrichtig und ohne Geheimnisse in meine eigene Welt einzubringen, in der sie fortan eine wichtige Stellung einnahm. Ich erkannte meinen eigenen Wert und idealisierte meine eigene Persönlichkeit, indem ich mir durch dieses Selbstvertrauen, das ich erlangte, mehr Wert zusprach. Die guten Zeiten lehrten mich vieles über die Muße sowie die Glückseligkeit. Die schönen Stunden erkannte ich und ich sprach mir zu, diese so ausgiebig zu leben, wie es nur ging. Ich befand mich in einer völlig neuen Lebenssituation und es gefiel mir.

Doch der Wendepunkt war unvermeidlich. Ich fing an, in der Vergangenheit zu leben, und zehrte von den Erinnerungen. Die Tage vergingen und die Trauertage überwogen schnell die schönen Tage. Bald hatte ich ein Gefühl meines Selbst entwickelt, das mich stets auf eine niedrigere Position stellte, als ich es eigentlich verdiente. Ich erlebte emotionales Leiden und erkannte, dass es manchmal keine Entscheidungen braucht und dass man lernen muss, zu warten. Ich war ebenfalls auf der anderen Seite, auf der positiven, und erlebte die euphorische Glückseligkeit, die nur durch die Anerkennung eines anderen Menschen hervorgerufen wurde. Diese Erfahrung zeigte mir die Höhen und Tiefen des Lebens in kürzester, aber intensiver Weise. Ich gab und bekam. Ich liebte und hasste. Ich erkannte, dass meine Seele keine unendliche Kapazität hat. Durch all dies bemerkte ich meine Grenze der Belastung und erlebte den Punkt meiner seelischen Toleranz. Durch dies erkannte ich, dass ich auf meine Seele sowie auf mein Wohlbefinden Acht geben muss.

Unsere Geschichte

Ich entschied mich im Spätsommer 2017 für sechs Wochen mein Leben in Südfrankreich zu verbringen. Dies tat ich mit der Vorstellung, eine gemütliche und prägende Zeit zu erleben. In der Tat war mein Dasein so lebenswert wie zu fast keinem anderen Zeitpunkt meines bewussten Lebens. Ich sparte über Jahre, beendete meine Ausbildung und war nun auf mich und meinen Alltag fokussiert. Ich erwachte täglich mit neuen Ideen und Fantasien, wie ich bewusst in den Tag hinein leben könnte. Ich war glücklich über die so schöne Zeit mit meinen Freunden, der Familie und die noch nie da gewesene Möglichkeit, alles selbst in die Hand zu nehmen, dass ich mich beinahe gegen den Auslandaufenthalt entschieden hätte. Ich war das erste Mal in meinem Leben auf mich gestellt. Ich konnte entscheiden, was mir in fünf Minuten oder in fünf Wochen passierte. Ich konnte alles in meinem Dasein planen. Dies dachte ich zumindest zu jenem Zeitpunkt. Wie die Zeit so verging, landete ich nach einem kurzen Flug und schwermütigen Abschied in Montpellier. Zu diesem Zeitpunkt war diese Stadt für mich ein Ort wie jeder andere. Ich organisierte mit gebrochenem Französisch ein Taxi und fuhr zu meiner Unterkunft, die ich mit anderen Sprachschülern teilte. Nach einigen Minuten der Stille unterhielten wir uns im Taxi über die Ortschaft, die französische Sprache und wer wo aufwuchs. Ich konnte kaum Französisch, der Taxifahrer wiederum kaum Englisch. Doch trotz allem verstanden wir uns. Angekommen, versprach ich ihm, ihn bei meiner Rückreise wieder zu benachrichtigen. Er gab mir seine Visitenkarte, bevor ich das Gebäude, mit dem ich so viele Erinnerungen verbinden würde, betrat.

Die erste Woche verging, wie ich mir sie vorgestellt hatte. Ich schloss viele Freundschaften und hatte eine tolle Zeit mit viel Sonnenschein und französischem Wein. Als am Wochenende leider einige der Kumpane aus meiner Residenz wieder nach Hause gingen, wurde spekuliert, wer die neuen Gestalten sein könnten, welche die nun leeren Schlafgemache übernehmen würden. Gedanken machte ich mir nicht allzu viele dabei. Ich gedachte einfach, meine Zeit zu genießen, und beachtete die Neuankömmlinge kaum. Doch zu meinem Erstaunen freundete ich mich mit einigen auf Anhieb an. Ich spielte natürlich denjenigen, der alles schon kannte, und machte den Vorschlag, in die „Australian Bar" zu gehen. Jeden Montag 1 Euro für ein Bier und somit fast offiziell für alle Studenten dieser Studentenstadt. Einen humorvollen und vergnüglichen Abend hatten wir. Ich strahlte vor Lebensenergie, die von meiner derzeitigen Lebenssituation und den vielen neuen Freunden ausgelöst wurde. Ich freundete mich schnell mit meiner bis heute sehr guten Freundin Lisa an. Wir plauderten die ganze Nacht, wobei ich so in Stimmung war, dass ich einen guten Spruch nach dem anderen brachte. Dies kommt häufiger vor, doch in jener Nacht waren diese unerwartet gut. Ich bemerkte im Verlaufe des Abends eine weitere Gestalt, die sich an unsere Gesellschaft gewöhnen wollte. Ich hatte nichts dagegen. Eine weitere junge, schöne Dame, die meine Aufmerksamkeit genoss, konnte ich nicht ablehnen. Als die Nacht nun fortgeschritten war und wir alle zu derselben Unterkunft gingen, in der wir residierten, ahnte ich noch nichts. Ich machte mir zu dieser neuen Gestalt folgende Gedanken: Erstens dachte ich mir, wie schön sie war, und zweitens, dass ich sowieso keine Chance hätte, bei ihr zu landen. Ihr Name war übrigens Sofia. Die Tage vergingen und wir verstanden uns, als kannten wir uns schon seit Jahren. Ich genoss ihre Freundschaft. Nicht lange ging es und wir realisierten, dass wir zu mehr fähig waren, als gute Freunde zu sein. Wir entdeckten, dass sich unser Inneres geborgen fühlte, wenn wir zu zweit waren. Wir bemerkten, den anderen brauchen zu müssen. Die Zeit verging und der Rest der Welt wurde immer mehr ausgeblendet. Wir hatten unsere eigene kleine Welt in einer kleinen, paradiesischen Stadt in Südfrankreich. Unser eigenes kleines Paradies, indem unsere Regeln galten. Wir kannten keine Verpflichtungen und keine Bürden. Wir lebten in den Tag hinein und wir empfanden Unangenehmes als angenehm, solange wir dabei zusammen sein konnten. Ich konnte es nicht fassen. Sich zu verlieben in den Ferien! Es hörte sich an, als wäre dies ein Film, in dem ich die Hauptrolle spielen sollte. Ich kannte aber die Enden aller dieser Filme und diese waren keine glücklichen. Ich oder wir wussten, auf was wir uns da einließen. Ich kam nicht mit der Absicht in die Ferien, Liebe zu finden, genauso wenig wie sie. Wir fielen in eine Welt, in der wir keine Zeit kannten. Wir fielen in eine Geschichte, in der das Ende unbestimmt war. Die Tage vergingen und die Zeit wurde immer mehr zu einem Gegenspieler. Wir mussten der Wahrheit ins Gesicht schauen. Wir erkannten, dass unsere Zweisamkeit keine Zukunft haben würde, und verbrachten unsere Nächte mehr und mehr ineinander verschlungen mit Tränen in den Augen. Wir diskutierten über die Möglichkeiten, die wir haben würden, und über unsere so ungewisse Zukunft. Es war eine so unverständliche Realität, derer wir bewusst werden mussten. Wir erkannten, dass unsere Seelen zusammengehörten, aber unsere Wurzeln waren fürchterlich weit entfernt. Wir fühlten uns veräppelt vom Schicksal und beklagten uns über diese so unfaire Begebenheit. Ich wohnte in der Schweiz und sie in Florida. Es war das erste Mal in unseren beiden Leben, dass wir uns in eine andere Person verliebten und wir uns dessen so sicher waren. Das erste Mal, dass die Geborgenheit nicht zuhause, sondern bei einer bestimmten Person des Eros war. Unser Verstand sagte „nein", doch unser Herz siegte über diese Entscheidung. Es fühlte sich falsch an, nicht zusammen zu sein.

Der unvermeidliche Tag stand vor der Tür und wir verabschiedeten uns am Flughafen. Ich konnte meine Tränen nicht zurückhalten. Ich hatte ein Stechen in der Brust. Einen Willen, alles zu unternehmen, um diesem ein Ende zu bereiten. Ich wartete auf den Moment, in dem die Nachricht kommen würde, dass wir mehr Zeit für uns haben würden. Ich wartete auf den Moment, aufzuwachen, um zu realisieren, dass dies alles ein Traum war und wir im selben Ort leben würden. Nichts dergleichen geschah. Die Zeit drängte, sie musste zum Gate und wir winkten uns hinterher, bis wir uns nicht mehr sahen.

Ich saß vor dem Flughafen und starrte teilnahmslos auf den gepflasterten Boden. Ich fühlte, wie mein Herz verhärtete und sich die Einsamkeit in meiner Brust breitmachte. Ich war diese Einsamkeit nicht mehr gewohnt. Ich verbrachte die letzten fünf Wochen beinahe ununterbrochen in Zweisamkeit. Alle meine Gefühle verblichen und eine Leere breitete sich aus, in der eine kleine Flamme der Hoffnung loderte. Ein kleines Feuer, das aber heiß und willig brannte. Ich bekam eine Nachricht von Sofia und in diesem Augenblick sprang der erste Funke zu diesem Buch über.

Ich kam wenige Tage später ebenfalls nach Hause. In meine Heimat, die ich als ein anderer Mensch verließ als derjenige, der zurückkam. Nicht nur die Liebe überwältigte mich. Ich lernte Persönlichkeiten kennen, die mich ewig prägen werden. Ich knüpfte Freundschaften mit Menschen, die meine Freude leider heutzutage nicht spüren, aber ich bin über nichts mehr dankbar, als dass ich diese Menschen kennenlernen durfte. Als ich mich wieder ein wenig einlebte und mich an die neue Situation gewöhnte, machten wir ein Datum aus, an dem wir uns wiedersehen konnten. Ich ging nach Amerika. Ich hatte einen Weg vor mir, den ich allein gehen musste.

Ich verließ meine Familie und mein Umfeld ein weiteres Mal vollkommen auf mich gestellt, um in Amerika eine neue Familie kennen zu lernen.

Ich flog nach Miami, um meiner jungen Liebe eine Chance zu geben. Ihre kolumbianische Familie nahm mich sofort auf und gab mir zu verstehen, dass ich willkommen sei. Diese Geborgenheit und dieses Gefühl, eine zweite Familie gefunden zu haben, waren unbezahlbar. Als ich ankam, realisierte ich, wie die Familienangehörigen schon einiges über mich vernahmen und mir freudig hinterhergrinsten. Ihre Großmutter bekannte sich in durch spanischen Akzent gebrochenem Englisch zur Aussage, dass es gut sei, dass ich bei ihnen sei. Diese so bedingungslose Aufnahme in die Familie meiner jungen Liebe schien alles noch viel perfekter zu machen. Doch dieses

Erlebnis gab mir ebenfalls einen neuen Einblick in die Persönlichkeit meiner Freundin. Nach der Zeit, die ich mit Sofia verbrachte, dachte ich, sie vollständig zu kennen. Dies dachte ich zumindest, doch ich wusste im Inneren, dass dies nie der Fall sein könnte. Wie könnte man auch einen Menschen und dessen Persönlichkeit innert wenigen Wochen vollständig kennenlernen? Jeder Tag macht einen Menschen zu dem, was er heute ist. Ich war mir bewusst, nicht die Vollständigkeit ihrer Seele gefunden zu haben. Doch ich war erfreut, ihre Familie kennenzulernen. Ihre Schwester, von der sie immer sprach, und ihr Vater, der ziemlich gemütlich sein sollte. Vor diesem hatte ich natürlich am meisten Respekt. Ich wusste, dass dies so eine Art Ritual in den Staaten ist, bei dem es darum geht, den Anforderungen des Vaters bestmöglich zu entsprechen. Glücklicherweise war dieser genauso wie beschrieben und wir bauten ein erstklassiges Verhältnis auf. Ich wurde nicht ohne Grund zu dieser Zeit eingeladen, denn „Thanksgiving" fand gerade statt. Ein Fest, bei dem man zusammenkommt, um die wichtigsten Personen seines Lebens und die Familie wertzuschätzen. Während des so köstlichen Abendessens mit dem traditionellen Truthahn, passenden Saucen, dem Süßkartoffelstock und etlichen weiteren Köstlichkeiten, die auf dem Tisch standen und nur darauf warteten, um verschlungen zu werden, hatte ich plötzlich einen Gedanken. Ich fühlte mich als Schweizer wohl in dieser ausschließlich südamerikanischen Zusammenkunft. Ich fühlte mich so, als wäre ich schon seit Jahren zu diesen Festlichkeiten eingeladen. Als kenne ich diese Familie wie die meine. Es kam mir alles so vertraut vor, wobei der Wein diesem Gefühl ein wenig Unterstützung leistete. Ich bin der Meinung, man sollte Komplimente nicht vorenthalten, und ich begann beinahe gleichzeitig ein Gespräch mit der Mutter meiner Freundin wie sie mit mir. Nun unterhielten wir uns eine Weile, wobei sie mir die wohl schönsten Worte offenbarte, die ich mir nur vorstellen konnte. Natürlich war es mir wichtig, dass die Familie mich mochte und dass ich bei ihnen einen vertrauensvollen Eindruck hinterließ. Und genau diese Worte lösten eine Euphorie in mir aus, als sie mir sagte, „You know we really like you and you already feel like a part of the family[1]." Ich würde keine Sekunde dieser tollen Erinnerungen hergeben. Nach dieser Zeit flogen wir zusammen in die Schweiz und es waren nicht nur gefühlte, sondern tatsächlich 30 °C kälter als in Florida. Somit war es aus mit hauseigenem Pool und am Strand liegen. Unsere Aktivitäten wurden ins Innere verlegt und Decken hervorgeholt. Wir saßen nun drinnen in der warmen Stube und beobachteten die so märchenhaften Schneeflocken, wie sie eine nach der anderen den Garten sanft bedeckten. Ich war glücklich. Ich fühlte mich vom Schicksal verstanden und erkannte meine Bestimmung. Ich sah alles plötzlich so eindeutig. All meine Handlungen ergaben Sinn und waren in sich selbst nicht hinterfragbar. Es fühlte sich so an, als gäbe es keine Probleme mehr. Die Welt war in Ordnung, wenn ich mit ihr zusammen war.

Ich sah den Schneeflocken gedankenverloren zu und realisierte den ewigen Wandel. Ich bemerkte das erste Mal, wie aussichtslos unsere Situation war. Ich sah die Jahreszeiten vor uns, ich bemerkte die unaufhaltsame Wucht von Realität, die uns in den Weg gelegt werden würde. Ich bekam Mut und Angst zur selben Zeit. Hoffnung und Hass verbündeten sich und erstellten eine neue Gefühlslage, die für mich unbeschreiblich war und noch immer ist. Diese Gedanken wurden fürs erste wieder ausgeblendet und wir machten uns Kaffee. Die Zeit verging ein weiteres Mal, nach einer so märchenhaften, romantischen, aber kalten Winterstimmung. Eine Fügung des Schicksals schien die einzige Erklärung für unser glückliches Kennenlernen zu sein.

Abschied wurde genommen und Versprechen ausgesprochen. Wir sahen kein Ende in unserer Zweisamkeit.

Silvester wurde gefeiert, die Wochen vergingen und ich ging im Januar 2018 erneut nach Florida, zum Sonnenstaat Amerikas. Es fühlte sich alles an wie bisher. So als wäre ich nur kurz einkaufen gewesen. Doch es lagen mehr als ein Monat und zwei

---

1 Übersetzung vom Autor: „Weißt du, wir mögen dich sehr und es fühlt sich an als wärst du bereits ein Teil der Familie."

interkontinentale Flüge dazwischen. Die Familie begrüßte mich herzlich und ich konnte fühlen, wie sie erfreut war mich wieder als Gast zu haben, der andauernd das Küchenbett besetzte. Die anfängliche Euphorie legte sich schnell und die Normalität kehrte zurück. Ich beschäftigte mich häufiger mit der Frage, ob uns die Distanz auseinandertreiben würde, und auch, ob wir uns immer wieder so gut miteinander verstehen würden wie bis anhin. Es war immer so wie beim Mal zuvor. Doch die Distanz hatte ihre Einflüsse auf uns. Wir standen am Ende jeder Zeit, die wir miteinander verbrachten, immer so nahe zueinander. Wir verbrachten Tag und Nacht zusammen, dabei erlebten wir schöne Dinge, aber auch weniger schöne. Doch am Ende jeder Zeit, die wir teilen durften, waren wir eins. Diese Verbundenheit verschwand logischerweise durch die lange Zeit, die wir uns nicht sahen.

Also war ich nun bei ihrer Familie. Wir aßen zusammen und hatten eine tolle Zeit. Doch einen gewissen Hintergedanken konnte ich nicht ausblenden. Ich erkannte jeden Tag mehr, wie ungewiss unsere Situation war und sein wird. Ich versuchte, jeden Tag, so gut wie es nur ging, vollständig auszukosten. Wir hatten bis zum jetzigen Zeitpunkt alle Zeit der Welt. Doch bald fing ihr Studium in Kolumbien wieder an, das noch mindestens drei weitere Jahre dauern sollte. Dieser Gedanke begleitete mich jeden Tag mehr und mehr. Dieser Ungewissheit, die mich innerlich auffressen wollte, war ich bemächtigt, zu widerstehen. Ich wusste, wir würden eine Lösung für die Zukunft finden, so wie wir es immer taten. Doch diese unbestimmte Zeit, bei der wir uns nach dem Verabschieden nicht sehen konnten, gab mir zu denken. Unsere gemeinsame Zeit verging und wir mussten wieder Abschied nehmen. Wir standen am Flughafen, das Gate war geöffnet und der Moment stand bevor. Dieses Mal erkannten wir, dass wir kein nächstes Mal vor uns hatten, das geplant war. Es war auf einmal alles so unsicher. Die Situation erschien von außen betrachtet als aussichtslos. Doch wir waren mittendrin. Ich sah die Hoffnung und den Willen in ihren Augen schimmern. Wir umarmten uns ein letztes Mal, bei dem ich sagte: „Wir werden uns wiedersehen." Doch bis zum heutigen Tag haben wir uns nie wiedergesehen.

Was dann geschah

Kein Tag verging, an dem wir uns nicht schrieben oder miteinander telefonierten. Der Zeitunterschied stellte ein Hindernis dar, doch es wurde keine Mühe gescheut, um den größtmöglichen Kontakt aufrechtzuerhalten. Ich arbeitete nicht und meine Berufsmatura fing erst einige Monate später an. Zu meinem Glück hatte ich also zu dieser Zeit noch keinen Verpflichtungen nachzugehen. Somit blieb ich wach bis tief in die Nacht und wir telefonierten stundenlang, um uns möglichst nahe beieinander zu fühlen. Dies gelang am besten, wenn man die Augen schloss, um sich das Umfeld des Anderen vorzustellen. Verzweifelt und doch glücklich, dass wir uns noch immer hatten, ging dies einige Zeit so weiter. Wir erkannten unsere Situation, aber waren voller Zuversicht, dass dies unsere Realität bleiben würde, bis wir zusammenziehen könnten. Jeder Tag wurde bestimmt durch sie und durch ihren Kontakt. An jedem Tag wurde meine Laune dadurch beeinflusst, wie unser Kontakt zu jener Zeit war. Die Zeit verging und wir beide widmeten uns unseren Aufgaben. Ich beschäftigte mich mit alltäglichen Projekten und der Literatur, während sie ihr zeitaufwendiges Medizinstudium an der besten Universität in Kolumbien vorantrieb. Dadurch veränderte sich ihr Umfeld bei weitem mehr als bei mir. Es beunruhigte mich, die Möglichkeit in Betracht ziehen zu müssen, dass neben alten Freunden und Bekannten auch neue Liebschaften in ihr Leben kamen. Dies gab mir immer mehr zu denken, da ich nicht wusste, was sie machte und wen sie so alles traf. Ich wurde eifersüchtig, obwohl sie mir versicherte, dass es keinen Grund gäbe, um dies zu sein. Ich realisierte immer mehr, dass ich von ihrem Kontakt abhängig wurde. Wenn ich am Morgen nach dem Aufstehen keine liebevolle Nachricht von ihr erhielt, dann bedrückte mich dies. Ich dachte, wenn sie mir diese Liebe nicht durch eine Nachricht zeigen konnte, dann wären auch ihre echten Gefühle gegenüber mir geschwächt. Unnötige Sorgen wurden mein Alltag und ich verbiss mich zu sehr in Dinge, die nicht von Belang waren. Ich erdachte mir Szenarien, in denen ich immer als Verlierer dastand. Meine Gedanken spielten mir immer vor, dass sie mich betrog oder verließ oder ich den Glauben an uns verlor. Ich war überfordert mit der ganzen Situation, doch wollte ich dies ihr gegenüber nicht zeigen. Ich sah das Problem bei mir selbst, was auch stimmte, denn all meine Vorstellungen bewahrheiteten sich nie. Im Gegenteil, ich konnte von Glück reden, so eine wunderschöne und treue Freundin als meine Bezeichnen zu können. Ich stellte ihre Treue infrage, doch ihr gegenüber erwähnte ich nichts. Ich versuchte, durch gezielte Fragen und soziale Medien meine Fragen zu beantworten. Nichts von all dem ergibt aus meiner heutigen Sicht noch Sinn. Ich würde mich mit meinem jetzigen Wissen nie so verhalten. Doch dazumal war ich verzweifelt und traurig über die Situation. Die Eifersucht kam aus der emotionalen Schwäche heraus, in der ich mich zu jener Zeit befand. Ich war glücklich, wenn sie mir ihre Liebe zeigte, und betrübt, wenn mir diese nicht gezeigt wurde. Ich wurde abhängig nach ihrer Zuneigung. Auf eine Art süchtig nach ihrer Liebe. Ich verdrängte diese Erkenntnis, da ich nicht wahrhaben wollte, dass es wirklich so war. Doch trotz allem liebten wir uns noch immer sehr.

Diese Gedanken prägten mich an dem Tag der Abreise. Ich und mein bester Freund Max machten uns auf zum Flughafen Zürich. Die Reise nach Singapur wurde kurzfristig gebucht und nun saßen wir vor dem Gate mit Vorfreude. Wir planten eine gemeinsame Reise schon seit Ewigkeiten und nun war der Tag gekommen. Meiner Freundin erzählte ich dies ebenfalls kurzfristig und ich erhielt vor dem Abheben der Maschine eine so liebevolle Nachricht ihrerseits, dass all meine Sorgen wortwörtlich verflogen. Der Flug verlief ohne Turbulenzen und wir landeten nach Zeitplan in Singapur. Als wir die Einreisekontrolle passierten und das erste Mal die Oberfläche dieses noch nie besuchten Kontinentes sahen, waren wir vor Staunen nicht mehr zu halten. Die Landschaft, die Vegetation, einfach alles war anders als dort, wo wir herkommen. Wir bezogen unsere

Unterkunft und machten uns auf, um das touristische Zentrum zu erkunden. Dieses ist so unglaublich futuristisch geplant und auch umgesetzt worden. Man könnte meinen, diese Stadt entspringe einem Film, der in der Zukunft gedreht wurde. Ich war abgelenkt durch all diese neuen und beeindruckenden Erlebnisse und Einflüsse, dass ich mich nur auf den Moment konzentrieren konnte – was für mich ebenfalls eine der Wichtigkeiten zum Glücklichsein bedeutet. Man sollte sich auf das Hier und Jetzt konzentrieren und gleichzeitig das Ziel vor Augen haben. Ich hatte genug Bücher von Paulo Coelho gelesen und war nun, so meinte ich zumindest, bemächtigt, dem Weg des Glücks zu folgen. Diese so wahrhaftig positiv ausstrahlende Energie und Lebensideologien, die ich aus seinen Büchern erhielt, waren genau das Richtige für mich zu jener Zeit. Ich genoss den Moment, trotz 12 Stunden Zeitzonenverschiebung hatte ich guten Kontakt mit meiner Freundin und mich umgaben die wundersamsten Orte dieses Planeten.

Die Tage, die wir in Singapur verbrachten, hatten wir nun hinter uns. Unser nächstes und eigentliches Ziel war Bali: die indonesische Insel der Touristen, der Palmenresorts und frischen Kokosnussgetränke, der Hindukultur mit ihren so traditionellen, täglichen Opfergaben. Die Insel überfüllt mit Motorrollern, aber ohne Verkehrsregeln. Wer hier das erste Mal ein motorisiertes Zweirad fährt, nun ja, der ist meiner Meinung nach fähig, auf der ganzen Welt am Straßenverkehr teilzunehmen. Gelandet, wurde unser Transfer kontaktiert und wir bezogen unser Hotel, wo uns ein Lotusblüten-Getränk überreicht wurde, das so wundersam schmeckte und eine so beruhigende Wirkung hatte. Welch ein Paradies wir hatten! Hotel mit Pool und äußerst zuvorkommenden und liebevollen Angestellten. Ich telefonierte mit Sofia und war glücklich. Das so mühelose „Dahinvegetieren" mit Früchte-Smoothies am Pool und indonesischen Spezialitäten als Abendessen ließ mir viel Zeit zum Nachdenken. Ich dachte über die Vergangenheit, das Jetzt und über meine Zukunft nach. Ich hatte in all diesen Plänen, die ich für die Zukunft erstellte, immer meine Freundin miteinbezogen. Ich sah keine andere Zukunft mehr als mit ihr. Ich erdachte mir alle Möglichkeiten, die mir oder uns in der Zukunft widerfahren könnten. Ich war mir sicher, dies sei unser Schicksal und zurzeit müssten wir nur durchhalten, um unser gemeinsames Leben bald für uns zu haben. Wir verließen diese so harmonische Oase der Mühelosigkeit und machten uns auf zur nächsten Etappe.

Uluwatu war das Ziel. Das Surferparadies für Fortgeschrittene und Profis. Dies erfuhren wir erst im Nachhinein. Das ist ebenfalls der erste Punkt, an dem ich meine Emotionen begann, festzuhalten. Die viele Zeit, die mir zum Nachdenken gegeben wurde, verwendete ich, um verschiedene Zukunftsperspektiven zu erdenken. Ich telefonierte erneut mit Sofia, die das erste Mal seit geraumer Zeit wieder von ihrem Medizinstudium durchatmen konnte. Dies verlieh ihr ebenfalls genügend Zeit, um über unsere Zweisamkeit ausgiebig nachzudenken. Wir sprachen von Zukunftsplänen und da bemerkte ich die ersten Anzeichen von Zweifel. Sie zweifelte an dieser so verschwommenen Gegebenheit, an dieser so ungewissen Zukunft, die wir beide erleben würden. Ich erkannte damals, ich müsse nun das Zepter der Hoffnung in die Hand nehmen, und versicherte ihr, dass alles so kommen würde, wie es für uns und unsere Zukunft das Beste sei.

1. Phase

Erste Aufzeichnungen

In diesem Kapitel fasse ich all meine Niederschriften zusammen. Was hier steht, sind meine ersten Anzweiflungen an meinem Willen. Gelegentliche Anmerkungen, die mir wichtig genug vorkamen, um sie festzuhalten. Eine Struktur oder einen Zusammenhang zwischen den Dingen gibt es nur insofern, dass ich litt und mich unverstanden fühlte. Aus der Entwicklung meiner Niederschrift wurde etwas ersichtlich das ich schon immer unterbewusst wusste, nämlich, dass nicht immer alles perfekt war.

Ich versagte teilweise, der Hoffnung genügend Glauben zu schenken. In solchen Momenten ließ ich meinen Gedanken Freiraum, um mich auszudrücken. Diese Gedanken schrieb ich nieder. Ich danke mir bis heute dafür. Ansonsten wäre ich nicht in der Lage, meine Seele so penibel auf dem Silbertablett zu präsentieren.

Erste Gedanken

Was in mir vorgeht, verstehe ich nicht. Ich kämpfe gegen meinen Verstand, der mir fremd und nicht wie ein Teil von mir vorkommt. Es ist ein Zustand, der einer Depression nahekommt. Ein Zustand, bei dem ich wissen sollte, dass Logik keine Rolle spielt. Ein Zustand, der mir aufzeigt, wie mächtig der Verstand sein kann und wie machtlos ich, der dachte, sich zu kennen, bin. Ich schwanke zwischen verschiedenen Gefühlswelten ohne Kontrolle. Ich werde beeinflusst von außen durch Dinge, die mir unwichtig scheinen, doch mir einen Weg öffnen, ein Konstrukt zu erdenken, das mich emotional in eine unkontrollierbare Richtung zieht.

Erste Zweifel und Unzufriedenheit

Die ersten paar Sätze, die ich niederschrieb, sind entweder Formulierungen, die mich inspirierten, oder eigene Gedankengänge, die mir durch den Kopf gingen und mir genügend wichtig erschienen, um sie festzuhalten.

12. Januar 2018 23:55
Liebe ist geben und nicht nehmen.
    Doch manchmal will ich geben, doch ich vernehme, dass meine Liebe nicht gewollt ist.

20. Januar 2018 08:10
Wie soll das Glück unangetastet bleiben, wenn die Liebenden feststellen, dass ihre Liebe, selbst wenn sie fortdauert, nicht mehr ist, was sie war.
    Andre Comte-Sponville

20. JANUAR 2018 08:29
Wieso fühle ich mich imstande, mit anderen Frauen Sex zu haben, obwohl ich meine Freundin liebe?
    Ich kann mir diese Frage nicht beantworten.

20. Januar 2018 08:31
Die Entdeckung der Liebe ist wahrlich ein sensationelles Erlebnis. Man fühlt sich leicht und unbesiegbar. Man will dieses Gefühl für immer aufrechterhalten. Die Leidenschaft blendet die Tatsache, dass die Liebe eine Errungenschaft ist. Denn sich zu verlieben, ist einfach. Die Lust, der Trieb und die Zärtlichkeit verstärken die Tatsache, dass man sich bestätigt fühlt, die Liebe gefunden zu haben. Dieses Gefühl soll nie weggehen und man wünscht sich die Unendlichkeit. Doch wie alles auf der Welt ist auch die Leidenschaft endlich. Die Erfahrung nimmt zu und

die vermeintliche Blendung nimmt ab. Es ist wunderschön, die Möglichkeit, sein Leben mit der liebenden Person zu verbringen, zu erkennen.

15. Februar 2018 01:15
Gefühlsleben:
- Ich mache mir zu viele Gedanken, was gerade vor sich geht.
- Ich fühle mich unsicher und unwohl, kann mich in jener Situation nicht richtig ausdrücken, da ich auch nicht weiß, was ich sagen soll.
- Ich bilde mir etwas ein, was nicht sein sollte.
- Ich verstehe die Situation möglicherweise falsch.
- Ich sollte meine neutrale ruhige Ausdrucksweise nicht verlieren und ruhig und gelassen bleiben, wie ich es immer bevorzuge.
- Ich bin mir nicht sicher. Wieso? Woher kommt der Ursprung?
- Die Meinung, nie zu wissen, wie meine Partnerin denkt, könnte von meiner letzten Beziehung kommen.
- Dies manifestierte sich in meinem Gehirn. Denn sie beendete unsere Beziehung unerwartet. Dadurch machte ich nie eine gute Erfahrung. Da ich nie eine gute Erfahrung machte, brauche ich eine Menge Bestätigung und Zuneigung, um mir zeigen zu können, dass alles in Ordnung ist.
- Dies ist eine spezielle Situation, da ich eine gute Erfahrung abschließen muss, um meine Synapsen zu verändern.
- Doch eine Beziehung kann man nicht gut abschließen, um eine gute Erfahrung zu machen. Denn wenn sie abgeschlossen ist, ist eine weitere negative Erfahrung gemacht.
- Ich bin mental instabil und habe innerlich ein verzerrtes Bild erstellt.
- Dadurch sind meine Synapsen in meinem Gehirn auf Betrug/Lug programmiert.
- Um dies zu heilen, muss ich eine gute Erfahrung machen oder die alte aufräumen.
- Ich muss Sofia konfrontieren und sie darauf aufmerksam machen, dass es mir ernst ist, obwohl die ganze Situation stupide klingt.

- Was ich auch nicht verstehe, ist, dass Sofia sich keine Gedanken macht. Sie ist kurz traurig vor der Verabschiedung und sonst nicht.
- Ich bin generell gestresst, da ich in einer mentalen Wiege bin die ich mir selber aufzwinge. Zeitdruck und Leistungsdruck kombiniert.
- Der Drang, alles richtig zu machen. Der Druck, der auf mir liegt, um die Situation perfekt zu machen. Doch sollte ich nicht alles locker nehmen und die Situation genießen und die schönen Seiten sehen, wie kuscheln und relaxen? Doch ich will immer mehr und mehr. Da mein Ausdruck von Liebe geprägt wurde, dass es um das Geben und nicht um das Nehmen geht. Dies manifestierte meine Haltung gegenüber dem Sex und der Zeit, da ich mir vormache, ich könnte nicht genug geben. Ich könnte nicht genug Liebe verteilen. Ich zweifle an meiner Fähigkeit, zu lieben.
- Doch was will ich erreichen oder was ist mein Ziel? Zurzeit bin ich ein Schiff, das nicht weiß, welchen Hafen es ansteuern will. Ehrlich gesagt, weiß ich nicht, ob das Schiff auch will, was der Kapitän plant. Ich sehe nicht in die Zukunft und das macht mir Angst. Diese Angst drücke ich aus in Unsicherheit und Verlegenheit sowie einer gestressten Aura. Dies wird auch von Sofia bemerkt und sie fragt nach. Meine Antwort kann ich jeweils nicht geben, da ich nicht weiß, was mit mir geschieht. Ihre Antwort hilft mir nicht aus meinem emotionalen Chaos, da sie eher abschätzend wirkt, obwohl ich sie auch falsch deuten könnte. Dadurch verschlimmert sich meine Gefühlslage und ich habe wieder ein Gefühl von Unsicherheit anstelle von Sicherheit, die mir mein Schiff geben sollte. Ich bin in einer Spirale gefangen, die sich immer wiederholt.
- Manchmal komme ich aus dieser Spirale heraus. In solchen Momenten zeigt mir mein Schiff die Richtung und gibt mir Halt und Sicherheit. Doch meine Gedanken sind, dass mein Schiff die ganze Situation nicht versteht, mich als schwach bezeichnet und sich einen neuen Kapitän sucht, um das Schiff besser zu steuern. Dadurch muss ich mich ändern und die

Segel setzen, um das Schiff zu kontrollieren, bevor eine Meuterei beginnt.

- Ich bin anscheinend ein Kontrolleur, was diese Angelegenheit betrifft.

Vielleicht wäre es ebenfalls auch keine schlechte Idee, die Richtung noch nicht zu wissen, um die stille See zu genießen und den Sturm abzuwarten.

Ich sollte die Situation genießen, weil ich später nicht mehr kann.

Ich bin am Verzweifeln, denn ich denke immer, dass dies meine letzte Gelegenheit wäre, in der ich Sofia habe. Doch die Zeit fliegt und der Tag wird kommen. Ich werde wieder allein in meinem Zimmer sein und mich an den heutigen Tag erinnern. Doch alles geht vorüber, auch die schlechte Zeit. Ich wusste, es würde so werden. Doch eigentlich hat sich mein Leben nicht groß verändert. Ich habe jetzt einfach einen Bonus, der mir gegönnt wurde.

Bin ich ein emotionales Wrack?

Es könnte sein, da ich mir enorme Gedanken mache und alles hinterfrage.

Wieso bin ich so?

Ich habe keine Orientierung, die mir Halt gibt. Doch ich sollte mich im Moment befinden und mir keine Sorgen um morgen machen. Denn morgen ist morgen und heute ist heute.

Was kann ich machen, wenn ich emotional angeschlagen bin?

Ich sollte mich darauf konzentrieren, was kommt. Ich kann mich auf eine schöne Zeit freuen. Diese wird kommen. Daher sollte ich die Zeit genießen, so wie sie kommt.

Relaxed sein und mein Glück schätzen und behalten. Mir Mühe geben. Eins werden mit dem Schiff, das ich habe und das ich liebe. Nicht zu viel erwarten.

Ich fühle mich falsch für mein ganzes Verhalten. Ich fühle mich ungeliebt, obwohl dies gar nicht stimmt. Ich habe Angst, die ganze Beziehung zu ruinieren, weil ich dieses Gefühl habe, dass sie mich nicht mehr will. Dann verhalte ich mich wie ein Macho, der keine Gefühle hat. Doch die habe ich und das weiß sie auch.

Ich bin nicht ich, aber wieso?

Selbstschutz oder sie schützen?

Ich weiß nicht, was in mir vorgeht. Ich bin so besorgt bei der ganzen Sache. Ich will ihr dies auch gar nicht mehr sagen, da ich Angst habe, alles schlimmer zu machen. Doch ich denke, sie findet es gar nicht so schlimm. Ich habe ihr auch geholfen, wenn sie Stress hatte. Ich habe das Gefühl, dass die geringste Kleinigkeit unsere Beziehung zerstört. Aber wir haben schon so viel erlebt und so schnell wird sie sicher nicht kaputtgehen. Sie denkt anders, als ich es erwarte, und das irritiert mich. Das letzte Mal hatten wir ein wunderschönes Telefongespräch und trotzdem mache ich mir so viele Gedanken. Ich weiß nicht, was in mir vorgeht. Sie sagt, sie sei traurig, und ich glaube es ihr nicht mal. Was um alles in der Welt ist bloß falsch mit mir? Ich fühle mich nicht gut genug, doch das bin ich. Weil ich der bin, den sie will, wenn ich ich bin und nicht, wenn ich jemanden spiele, von dem ich denke, dass sie ihn will. Ich denke immer alles so viel dramatischer, als es eigentlich ist.

Was ist nur los mit mir?

2. Phase

Erklärung

Hier beginnen die Aufzeichnungen, die ich bereits in der Einleitung erwähnte. Meine zutiefst erschütterte Gedankenwelt durch Stift und Papier festgehalten.

Die Situation wird immer aus mehreren Perspektiven erläutert. Jene in normaler Blockschrift geschrieben und ohne genaue Zeitangabe datiert, ist als Orientierung da. Diese Perspektive beschreibt, was an diesem Tag erlebt wurde. Sie gibt einen Einblick in meine Reise und soll gedanklich verbildlichen, wie es mir zu der jeweiligen Zeit erging. Auch beschreibt sie mein Handeln und meine Umgebung, die so kontrovers zu meiner inneren Szenerie war.

Die kursive Schrift, die nach Datum und Zeit datiert ist, ist diejenige, die direkt aus meinem Buch meiner Emotionen kommt. Diese ist orthografisch nicht angepasst und soll somit möglichst authentisch bleiben. Diese ist jeweils ebenfalls auf Englisch geschrieben. Da ich mit meiner Freundin auf Englisch kommunizierte, verfiel ich beim Schreiben in dieselben Denkmuster, wie als wenn ich mit ihr reden würde. Diese Zeilen wurden bewusst nicht übersetzt, da der Schwierigkeitsgrad nicht allzu hoch ist und weil ich die ursprünglichen Gedanken nicht verfälschen wollte.

Hoffnungsschwankungen

27. Februar 2018

Zu dieser Zeit befand ich mich auf Uluwatu, Bali. Seit ca. einer Woche verbrachte ich meine Zeit mit Muße und Vergnügen. Mit frischem Kokosnusssaft und frittiertem Gemüsereis. Mit überfreundlichen Einheimischen wie überteuerten Touristenfallen.

Ich saß auf meiner Veranda mit verträumtem Blick auf den hauseigenen Pool. Im Hintergrund klimperte die verträumte Musik der Einheimischen, während ich über die Anzahl getrunkener Bintangs (einheimisches Bier) der letzten Nacht sinnierte. Die Wolken kannten diesen Ort gar nicht, doch die Sonne war Stammgast und freute sich schon auf ihre ersten Besucher der westlichen Länder. Mein Gedanke wie jeden Tag war, wie lange ich in der Sonne aushalte, bis ich mich rötlich färbe, mit und ohne Sonnenschutz. Max, der bereits hinter mir auftauchte, murmelte nur kurz was von Frühstück und begab sich in Richtung des Speisesaales. Es gab schon die ersten frisch gepressten Wassermelonen-Shakes und ebenfalls ein paar Bananen-Pancakes für den kleinen Hunger und die aber noch größere Lust am Essen.

Die Tage hier ließen sich kaum aushalten und der Terminkalender war voll! Denn der Sonnenuntergang am „Uluwatu Sunset Point" begann bereits um sieben Uhr und der Marsch dauerte ganze zehn Minuten! Somit hatte ich bis dahin viel Zeit für Fruchtshakes, die Literatur und meine Gedanken.

Denn zu jener Zeit drehten sich meine Gedanken nur um meine Freundin. Wir liebten uns so sehr, doch es drohte alles auf die Probe gestellt zu werden. Ich dachte an all die schöne Zeit, die wir miteinander teilen durften, und auch an unsere Zukunft. Denn wir mussten ein Ziel anstreben, das uns Hoffnung gab. Ein Ziel in Form eines Leuchtturmes bei Wind und Regen auf offener See. Ein Ziel, das es uns einfacher machte, die so schwierige Situation mit Leichtigkeit zu überblicken. Ich bin ein emotionales Wesen und dies drückte sich in meinen Schriften erkennbar aus.

27. Februar 2018 09:18
Wie definiere ich die Liebe?

Ich fühle mich verbunden mit ihr. Ich kann nicht aufhören, an sie zu denken. Doch die Distanz nimmt mir die Kraft. Sie gibt mir das Gefühl, es wäre nicht echt. Durch ihre Gefühlsschwankungen gibt sie mir das Gefühl, dass ihre Gefühle nicht echt sind. Denn wenn sie sagt, sie liebe mich sehr stark, und sich am nächsten Tag ganz anders verhält, gibt mir dies das Zeichen, dass sie nicht die Wahrheit sagt.

10. März 2018
Wir sind nach einigen Strapazen per Schnellboot auf der Insel Nusa Penida gelandet. Eine deutlich kleinere Insel neben Bali. Der wohl wunderschönste Ort, den ich je besucht habe. Die Insel ist durch die balinesische Kultur geprägt und der Tourismus hat sich glücklicherweise noch nicht bis hierher gewagt. Die Insel umgibt eine überraschend gut erhaltene geteerte Straße, die mit einigen Nebenstraßen verbunden wurde. Doch meist sind die befahrbaren Wege kaum mehr als flach gedrückte Erde mit übermäßig vielen Steinen. Wir bekamen schnell den Anschein, dass es auf dieser Insel wohl keine andere Möglichkeit gibt, als sich mit einem Motorroller fortzubewegen. Da wir beide noch nie auf so einem Ding saßen, bekamen wir kurzerhand eine Einführung in die Künste des Rollerfahrens. Dafür überquerten wir die einzige, kleine Inselstraße, gingen ein paar wenige Schritte, bis wir bei einer von Palmen umgebenen Waldlichtung standen. Die Theorieprüfung hatten wir in gefühlten zehn Sekunden bestanden und die praktische dauerte auch nicht viel länger. Nun gingen wir fahrend auf unserem Fahrgestell der untergehenden Sonne entgegen. Der Linksverkehr kam uns auch bald vertraut vor und das Hupen vor einer Kurve galt als Notwenigkeit, um seine Ankunft anzukünden. Wir ließen uns von der Straße leiten und dies zahlte sich aus. Eine Bucht tat sich vor uns auf, die so faszinierend schön die letzten Sonnenstrahlen auf

dem klaren Wasser widerspiegelte, während wir auf dem Sand immer näher in Richtung Meer schlenderten.

10. März 2018 10:34

I want to talk with you about something and I tell you because you should know the truth. I don't want to have a relationship where both try to be on the better side, with things like make the other person jealous and stuff. I want to tell you what's going on.

On one side you tell me it's important to text and call and on the other side I write and you don't text back.

You tell me you don't feel that we are together because we don't really talk and when we can't talk you don't text back. And you know how important communication is between us.

I don't feel wanted. I just see you posting pictures on social media. You are online on WhatsApp but you don't text me back, or you are not in the mood to text me back. Then you say you are tired.

I don't care if you don't text back but I feel like you don't want to text me.

I don't feel wanted! And when you are sad I try to make you happy again but when I'm sad you don't care because you are not sad anymore. I feel like you don't care about how I feel.

I don't know how this feeling comes, I'm sorry that I told you.

And once you told me when I would come to Bogotá we could spend a lot of time together. You would just have to learn and I would chill but we would be together and now you say that you don't think that we are going to see us a lot.

You always send mixed signals. I'm always confused what you say.

And sometimes I feel when I say something that bothers me, then you do exact the things I don't like to teach me a lesson or something.

I just don't know what you want, I'm confused. You are so two sided.

I'm in a conflict with myself. Between opening my heart and telling you everything or closing my heart and changing my opinion and trying to don't care about these things.

11. März 2018

Im jetzigen Moment sitze ich gedankenversunken vor dem ca. 30 °C sonnenerhitzten Pool und beobachte die unzähligen Vögel,

wie sie ihre Runden über dem Wasser ziehen und dabei im Sturz-
flug immer und immer wieder davon trinken.

11. März 2018 09:37
Ich sitze hier am exakt gleichen Ort wie gestern. Doch gestern hatte ich
mir irgendwelche Probleme vorgetäuscht, die ich heute nicht mehr habe.
Probleme sind nur Illusionen, die der Verstand kreiert. Am Ende ist
man sich selbst und nicht seine Probleme. Die Zeit heilt alles und somit
ebenfalls unsere von uns eigenhändig deklarierten Probleme.

14. März 2018
Die Situation schien aussichtslos. An diesem Tag konnte ich keinen Eintrag in mein Buch schreiben, doch erinnern kann ich
mich bestens. Ich hatte nun erfahren, dass wir uns nach meiner
Reise doch nicht sehen können. Ich konnte dies nicht akzeptieren. Mir wurde auf einmal alles gleichgültig, was um mich he-
rum geschah. Ich konnte diese Nachricht einfach nicht akzeptieren. Ich wollte wissen, wieso dies so gekommen ist, aber bekam
keine konkrete Antwort. Dadurch begannen meine Gedanken
sich im Kreis zu drehen. Will sie mich nicht sehen? Oder hat
sie jemand anderes getroffen? Ich konnte ohne klare Auskunft
mir keinen klaren Kopf machen. Wir diskutierten weiter, um
von meiner Sicht aus Klarheit zu erhalten oder die ganze Situation aufzuklären. Ich wollte dies nicht wahrhaben. Ich wollte
alles probieren, dass wir es ermöglichen konnten, uns zu sehen.
Doch alles spielte gegen mich in diesem Moment. Ich realisierte,
dass wir abreisen mussten, um das Schiff zu erreichen, das uns
zurück nach Bali bringen würde. Max wurde schon ungeduldig
und dies ist selten der Fall. Normalerweise bin ich der Ungedul-
digere und derjenige, der zuerst aufbrechen möchte. Doch nun
war ich gefangen zwischen dem Telefonat und unserer immer
dringender werdenden Abreise. Wir beendeten unser Gespräch
im für mich so unklaren Zustand. Innerlich zerrissen war ich.
Hin- und hergerissen. Ich spürte einen Druck auf mir, der so
stark wurde, ich konnte kaum regelmäßig atmen. Ich hasste diese Unklarheit und musste Druck ablassen. Bis heute bereue ich
meine Tat, aber bin froh, dass nichts geschehen war. Ich packte

noch kurz meine Sachen und machte klar, dass ich auch nichts vergaß. Wir begaben uns zu den Motorrollern, während ich noch immer innerlichen Druck hatte. Ich sagte Max, wir seien knapp dran, und fuhr los. Zu diesem Zeitpunkt kannte ich die Straßen und den Verkehr ein wenig. Ich wusste, wo welche Kurve kam. Doch dies gab mir nicht das Recht, so zu fahren, wie ich es damals tat. Ich musste meine Aggression und meinen Hass loswerden. Ich fuhr wie wild und überholte mit einer viel zu schnellen Geschwindigkeit etliche Verkehrspartner. Mir war alles egal. Ich hatte kein Gespür mehr für die Konsequenzen, die hätten passieren können. Meines eigenen Schicksals Meister wurde der Hass. Ich hatte meine Zukunft meinen Emotionen überlassen und war gefühlsgesteuert. Ich wurde gelenkt und hatte mich selbst nicht mehr unter Kontrolle. Als ich beim Bootshaus ankam, so erinnere ich mich, war ich nach dem Absteigen stark am Zittern. Ich hatte einen so starken Adrenalinausstoß und war innerlich so gestresst, mein Körper erlitt einen kurzen Zusammenbruch. Wie ich bereits erwähnte, ich bin bis heute froh, dass damals nichts Schlimmes passierte.

15. März 2018

Nun lag ich hier, schwankend zwischen Wutausbrüchen, Tränenvergießen und Beruhigungsmethoden. Die Klimaanlage gab meinem heftigen Schnaufen einen ausgleichenden Bei-Ton. Der Verstand arbeitete heftig gegen den Schmerz in der Brust. Dies ergab nur eine ungleichmäßig auftretende künstliche Verständlichkeit für das, was ich nicht verstand.

Ich konnte nicht schlafen. Ich hatte die letzten paar Tage und Nächte damit verbracht, verstehen zu wollen, wie die jetzige Situation zustande kam. Ich hatte ein Telefonat mit Sofia und wie ich leider erfahren musste, konnten wir uns nicht sehen wie geplant. Dies erfuhr ich kurz vor meiner Abreise von Nusa Penida und am folgenden Tage hatte ich einen Flug nach Australien. Ich befand mich gerade in einer Jugendherberge in Perth. Die westliche Zivilisation war wieder in uns eingekehrt und ich fühlte mich erstaunlich schnell wie zu Hause. Wir trafen einen Einwohner, der ursprünglich aus England kam und eigentlich nur sieben Tage in Perth bleiben wollte. Doch an dem Tag, an dem wir ihn trafen, war er bereits sieben Jahre dort und hatte nicht mehr vor zu gehen. Wir wollten eigentlich nur fünf Tage hierbleiben. Wir werden sehen.

15. März 2018 05:17
Es bedrückt mich sehr, dass sie nicht kommen kann. Ich fühle mich verarscht und ich fühle Unverständnis. Ich habe alles gemacht für diesen Moment, sie wiederzusehen. Und jetzt geht es nicht aus für mich unverständlichen Gründen. Es wäre alles aufgegangen. Doch jetzt kann sie nicht kommen und wir sehen uns weitere zweieinhalb Monate nicht. Was soll das?

I'm disappointed.

I feel fooled.

I feel jerked around.

Es kam genauso, wie ich es gesagt habe, dass es kommen wird. Sie hat zu lange gewartet. Ich habe sie nicht mehr gestresst. Sie hätte bereits im Februar oder Dezember fragen sollen, sodass sie die Bestätigung bekommt. Es hat sicher einen Grund, dass sie im Juni kommen kann und jetzt nicht. Weil sie jetzt schon gefragt hat!

15. März 2018 07:12
Da unser Verstand so unglaublich mächtig ist, braucht man Orientierung, um nicht in seinen eigenen Gedanken verloren zu sein, oder genug Kraft, um zu lernen, den eigenen Verstand zu lenken.

17. März 2018
Der heutige Tag wurde der Kunst gewidmet. Das Perth Kunstmuseum wurde aufgesucht und besucht. Was für ein Erfolg! Neben den großartigen Gemälden wurde im kleinen Museumsshop ein bestimmtes Buch erworben. Dies war wahrscheinlich die beste Investition des ganzen Jahres. Dieses Buch ist jenes, in dem ich meine Emotionen aufschreiben konnte. Bis anhin wurden diese auf dem Handy notiert, doch ab diesem Zeitpunkt konnte ich all meine Worte auf dieses Buch überschreiben. Ich verbrachte eine gute Stunde, bis ich alles notiert hatte. Hier entstand ein weiterer Meilenstein für dieses Buch.

17. März 2018 11:02

Sie reagiert gar nicht auf das, was ich sage. Es ist ihr egal, wie ich mich fühle. Es ist ihr egal, wenn ich ihr Anerkennung schenke. Es ist ihr alles egal, was ich sage und mache. Es hat nichts damit zu tun, was sie sagen wird, denn das wird wieder etwas Neues sein.

Wie ich mich fühle, ist schwer zu beschreiben. Ich fühle mich depressiv. Nichts macht mir Freude und ich kann mich auf nichts konzentrieren. Es macht mich so traurig, dass sie nicht kommen kann. Was mich auch stört, ist, dass es ihr egal ist. Es scheint so.

Ich weiß nicht, was in ihrem Kopf vorgeht, es ist mir unmöglich, dies zu verstehen. Ich habe viele Gefühlsschwankungen. Ich brauche ihre Hilfe und die bekomme ich nicht. Ich getraue schon gar nicht mehr nach Hilfe zu fragen. Sie sagt immer, sie werde sich bessern, doch es passiert nie. Am Telefon sagt sie, es sei gut, wenn ich ihr meine Gefühle offenbarte, dafür wäre sie ja da. Doch ich sehe nichts davon. Alles, was sie schreibt und sagt, ist so emotionslos. Ebenfalls haben wir aufgehört, uns zu schreiben, wie wir uns lieben. Es stört mich so vieles und ich behalte alles für mich. Ich bin so traurig.

17. März 2018 21:01

Ich habe immer das Gefühl von Unsicherheit, da ich nie sicher sein kann, ob der Plan, im Juni Ferien zu machen, auch durchgeführt wird, da schon der letzte Besuch umstritten war und jetzt abgesagt wurde. Ich bin mir einfach bei nichts sicher. Unsicherheit ist ein scheiß Gefühl! Ich bin so beeinflusst dadurch. Es lässt mich nicht los. Ich fühle mich so schwach und motivationslos.

17. März 2018 22:31

Ich mache mir zu viele Gedanken wegen allem. Es ist alles in Ordnung. Aber ich kreiere ein Riesendrama in meinem Kopf, das überhaupt nicht notwendig wäre. Es ist ja immer alles mehr oder weniger gut. Ich habe einfach das Bedürfnis nach Informationen. Ich brauche diese, um mir nicht eine Riesengeschichte auszudenken, die mich dann wieder bedrückt. Ich weiß nicht, wie! Ich kann mir nicht helfen! Sie kann mir auch nicht helfen! Es ist meine innere Einstellung, die geändert werden muss. Ich kann so nicht weitermachen. Ich muss was ändern!! Ich mache mich kaputt!!

Ich muss einen Reflex einbauen. Dass ich schlechte Erfahrungen mit meiner emotionalen Ausdrucksform mache, habe ich erkannt. Jedes Mal, wenn ich ein Szenario kreiere, muss ein Stoppsignal kommen, das mich sofort daran hindert. Ich muss „Stopp" sagen und mich kneifen oder anders Schmerzen zufügen. Ist dies der Anfang zum Wahnsinn? Nein ist es nicht. Ich brauche meine Freundin. Doch ich fühle mich schon zu abhängig. Sie ist wie eine Sucht. Ich weiß nie, ob sie mich noch liebt, ich habe irgendwie das Gefühl, es könnte sich alle fünf Minuten ändern. Doch wir haben Pläne für die Zukunft. Ich weiß nicht, wieso sie geweint hat, weil ich sie nicht verstanden habe, aber ich muss mich mehr in sie einfühlen. Ich hoffe, ich habe keinen Schaden hinterlassen. Denn ich liebe sie. Sie hat bei mir Schaden hinterlassen. Ganz klar. Aber ich liebe sie. Ich hoffe, ich mache keinen Fehler. Ich übe so viel Druck auf mich selbst aus! Das sollte nicht sein. Ich brauche ihre Bestätigung und Zuneigung. Die habe ich auch, obwohl ich mich irgendwie nicht darauf verlassen kann, da sie auch gesagt hat, dass ich nicht alles so ernst nehmen solle, was sie sagt. Wie weiß ich dann, ob sie die Wahrheit sagt? Es könnte bei allem der Fall sein. Es könnte alles wahr oder gelogen sein. Dies bedrückt mich sehr! Dieses Unwissen, keine Information und keine Bestätigung zu erhalten, ist das, was mich am meisten beeinträchtigt.

18. März 2018

Die letzten paar Tage schlenderten wir gemütlich durch die vielfältigen Gassen und Straßen von Perth. Die Stadt, die den größten Goldtaler der Welt beherbergt, ihn aber nicht mal übermäßig verbarrikadiert. Denn wortwörtlich wurde uns gesagt, wer diese Tonne pures Gold mitnehmen und einpacken kann, der hat es auch verdient, sie mitzunehmen. Des Weiteren gab mir diese so diverse Stadt keinen klaren Blick auf ihr wahres Ich. Ich verbrachte die meiste Zeit damit, die Seele der Stadt zu verstehen. Ich erkannte keinen Zusammenhang zwischen den Gebäuden. Es wurde mir keine Geschichte vermittelt. Es kam mir so vor, als wäre diese Stadt eine leere Hülle, ohne ein lebendiges Inneres. Noch nie hatte ich so viele Geschäftsmänner und Arbeitslose im selben Viertel gesehen. Noch nie sah ich alte historische Bauten so nahe gelegen neben diesen so modernen, den

Horizont verdunkelnden Hochhäusern. Noch nie sah ich eine Millionenstadt, bei der das Stadtinnere so klein war. Noch nie sah ich eine so große und natürliche Parkanlage so wunderschön gepflegt und perfekt gelegen, mit Ausblick auf die Attraktionen von Perth und nichtsdestotrotz zehn Minuten zu Fuß vom Zentrum entfernt.

An diesem Tag besuchten wir den etwas entfernteren Vorort namens Fremantle. Die Gemütlichkeit hatte uns an jenem Tag nun vollständig in ihren Bann gezogen. Die Müdigkeit sorgte für wenig Gesprächsstoff und die starke Sonne brachte unsere Gliedmaßen zum beinahen Stillstand. Wir kamen an, stiegen aus und begaben uns schließlich zur wohlbekannten Essenshalle der Ortschaft. Ein wahrlich vorzüglicher Ort, diese Essenshalle. Es gab alles Erdenkliche. Fettig oder salzig, süß oder sauer, klein oder groß und Drinks gab es auch. Ja, etwas trinken musste ich unbedingt. Nur blöd, dass ich Max aus den Augen verlor. Dieser Kerl besitzt die ungeteilte Begabung, sich immer im falschen Moment aus dem Staub zu machen. Vielleicht bin es ja auch ich. Als ich ihn dann beinahe im Stehen eingeschlafen, anlehnend an einer Straßenlaterne wiederfand, bewegten wir uns so langsam wie nur möglich zu einem nahe gelegenen Kaffeehaus. Eine gefühlte halbe Stunde später kamen wir dort an und redeten eine weitere halbe Stunde nur wirres Zeugs. Dies alles besserte sich beim späteren Besuch des Fremantle-Gefängnisses. Eine Führung durch die kahlen Hallen und Gänge gab mir zu bekennen, dass Gott sogar an solchen Orten der Welt Menschen Glauben schenken musste. So trostlos und kahl kam mir dieser Ort vor. So leer und verriegelt. Wie meine Emotionen zu dieser Zeit.

18. März 2018 09:04
Ich muss da jetzt einfach durch! Bleib positiv und genieße die Zeit. Nicht zu abhängig von ihr sein. Das ist nicht gut. Auf den Juni freuen und die Kommunikation, die ich mit ihr habe, genießen.

18. März 2018 10:32
Die Zeit vergeht gleich schnell, ganz egal welche Gedanken ich mir ma-
che und welche Einstellungen ich habe. Wieso brauche ich Bestätigung?

19. März 2018
Heute war unser letzter Tag in Perth. Wir waren froh, wieder
einmal eine fortschrittliche Gesellschaft besuchen zu dürfen. Es
war auch wieder einmal kalt, nun ja es waren ca. 26 °C, doch
wenn man 32 °C und aufwärts gewöhnt ist, dann kommt einem diese Temperatur nun mal unbehaglich vor. Ein paar letzte wenige Einkäufe wurden getätigt und langsam bemerkte ich
auch, dass mir das Geld ausging. Die Kreditkarte wurde abge-
lehnt, um Schuhe zu kaufen. Dies war vielleicht auch besser so.
Mein Gefühl für Geld ging schon auf Bali verloren. Bei einem
Wechselkurs von einem Schweizer Franken zu 14500 indonesischen Rupiah, mussten wir noch Beträge von mehreren hun-
derttausend bezahlen. Ich hatte eine eindrucksvolle Zeit auf
diesem so weit von zu Hause und noch viel weiter von meiner
Freundin entfernten Kontinent. Diese Distanz war so unglaubwürdig. Ich verbrachte die schönste Zeit meines bisherigen Lebens an so wundersamen Orten, doch meine Seele sehnte sich
bei ihr zu sein.

19. März 2018 09:52
Ich kann nicht akzeptieren, dass ich sie nicht sehen werde. Es macht mich
traurig. Ich bin längerfristig traurig. Mich beschäftigten solche Situatio-
nen sehr lange. Es frisst mich innerlich auf. Sie weint eine Stunde und
dann hat sie es akzeptiert. Doch sie kann mir nicht helfen, mein Prob-
lem zu lösen. Mein größtes Problem ist, dass ich ihr nicht glauben kann.
Dies ist kontraproduktiv, da ich ihr dies immer vorwerfe. Doch eigentlich
sind wir immer noch „us". Und diese Gemeinschaft ist wunderschön.
Ich fühle mich so wohl mit ihr wie nirgendwo anders. Sie sagt dies auch,
doch jetzt hat sie damit aufgehört. Logisch mache ich mir Gedanken,
da eine Veränderung von etwas Schönem selten etwas Gutes bedeutet.
Wieso kann ich ihr nicht glauben? Aus einem undefinierten Grun-
de wirkt sie unglaubwürdig auf mich. Das ist gar nicht gut.

19. März 2018 17:36
Ich habe mich selbst besser unter Kontrolle. Ich muss ich bleiben. Soziale Medien beeinflussen mich sehr, was nicht gut ist. Diese sind nicht wichtig, ich habe diese Meinung auch. Doch irgendwie wurde ich abhängig durch sie. Und ich entwickelte eine gewisse Wichtigkeit. Ich weiß, dass sie für Sofia nicht wichtig sind, so war es eigentlich auch für mich. Doch irgendwie wurde ich in den Sog hineingezogen.

21. März 2018
In diesen Tagen ging alles sehr schnell. Wir landeten erneut auf Bali, doch alles war ganz anders als beim ersten Mal. Die Euphorie war völlig verflogen und wir passten überhaupt nicht in die dort umhertobende Menschenmasse. Wir wussten auch, dass nach der Landung eine gute Zeit vor der Einreisekontrolle gewartet werden musste. Dies erledigt, liefen wir wortlos an dem Handyanbieter vorbei, bei dem wir uns vor knapp einem Monat eine einheimische SIM-Karte kauften. Die nächste Etappe war, den Wortfetzen der ca. 50 Taxifahrer aus dem Weg zu gehen, die mit allen Methoden versuchten, uns den wohlgemerkt besten Preis anzubieten – natürlich, weil wir ihre Freunde waren und sie das nur für uns machten. Die ganz hartnäckigen Taxifahrer wurden dann mit unserer abgestumpften Sympathie für menschliche Wesen, die wir uns während der Zeit auf Bali durch all diese Touristenfallen angeeignet hatten, mit einem aggressiven Französisch abgewimmelt. Ein „Grab" (so etwas wie Uber, besser gesagt: ein Taxi) wurde bestellt. Die Einheimischen wussten, wie sie uns Angst machen könnten, und meinten, dies sei illegal. Doch dieses Wort existiert nur für Touristen und dies wussten wir zu unserem Glück. Ein Flugplatz nahes 4-Sterne-Hotel wurde aufgesucht, das wir schon einmal besuchten, und die ersten Pläne für die heutige Nacht wurden geschmiedet. Die letzte Nacht in Bali und zugleich die verstörendste meines Lebens. Wir trafen um ca. sieben Uhr im größten Club von Bali ein, wo „all you can eat and drink" für umgerechnet 14 Schweizer Franken angeboten wurde. Wir hatten uns mit einem Reisekumpel verabredet, den wir auf Nusa Penida kennengelernt hatten. Dieser hatte ebenfalls an jenem Abend seinen Geburtstag zu feiern. Die Nacht nahm

ihren Lauf, die Bäuche wurden gesättigt und die leeren Flaschen auf dem Tisch häuften sich. Die ersten Anzeichen der Trunkenheit zeigten sich und wir alle am Tisch wurden zu besten Freunden. Die Stimmung war berauschend und instinktiv hatten wir alle das Bedürfnis, die Tanzfläche betreten zu wollen. Der Nachtclub, in dem wir uns umhertrieben, hatte fünf Tanzflächen mit verschiedenen Musikrichtungen. Wir kamen auf der größten an und erhielten von Anfang an einige Aufmerksamkeit: von den Aufsichtspersonen, weil wir sehr gute Laune hatten und dies auch preisgaben, von jungen Damen, da in Indonesien Europäer, wegen des Aussehens oder des Geldes, beliebt sind. Wahrscheinlich war es ein wenig beides. Wir taten unser Ding, tanzten wie die Wilden und trafen mehr Menschen, die sich um uns versammelten und von unserer guten Laune angezogen wurden. Durch und durch eine tolle Nacht, doch dann erregte ich die Aufmerksamkeit einer jungen indonesischen Schönheit. Sie führte mich auf die Dachterrasse, um mir den Nachthimmel zu zeigen und über Europa zu reden. Hemmungslos wie ich war, folgte ich dieser Unbekannten. Wir redeten. Ehrlich gesagt, redete nur ich. Ich erzählte ihr mein Desaster mit meiner Freundin, erläuterte meine Emotionen und übergab ihr die ganze Wucht an Gefühlen, die in mir schlummerten. Als Antwort küsste sie mich, während ich sprach, was mich überraschte. Ich konnte nicht folgen und erwiderte den Kuss. Dies wollte ich aber nicht und brach alles nach wenigen Sekunden ab. Ich konnte nicht. Ich konnte nicht noch mehr Unverständlichkeit in diese Situation und in meine Seele hineinlassen. Ich war unverstanden von meiner Freundin und nun ebenfalls von mir selbst. Ich konnte es nicht verstehen und ebenso wenig damit umgehen. Ich drehte mich im Kreise. Ich war enttäuscht von mir. Ich bekam Angst, es sei nun aus, wegen dieses Kusses. Mir wurde schlecht. Ich wurde im absoluten Tiefpunkt meiner Emotionen von einer jungen Schönheit geküsst. Wie kann mir so etwas passieren? Die gute Laune war verblasst und der Abend endete damit, dass ich durch den inneren Konflikt, den ich immer mehr verstärkte, und die Dinge, die ich mir einbildete, die schon gar nichts mehr mit allem zu tun haben, Tränen vergießend durch die Straßen Balis irrte.

21. März 2018 19:07

*Ich habe es geschafft. Ich wusste, es ist nichts mit Sofia und sie ist „nur"
gestresst. Ich fühlte mich nicht geliebt über mehrere Tage. Doch ich wusste, dass sie mich liebt. Ich konnte es einfach nicht glauben. Jetzt will ich
die Zeit um 24 Stunden zurückdrehen. Ich habe ein Mädchen geküsst,
besser gesagt: Sie hat mich geküsst, während ich ihr meine Probleme erzählte. Sie hat die Situation ausgenützt. Ich fühle mich scheiße, dass ich
sie nicht zurückgewiesen habe. Mein Vertrauen in mich selbst ist verloren. Doch ich habe ihr nachher gesagt, dass ich dies nicht mehr will und
wie sehr ich meine Freundin liebe. Ich habe mich die ganze Zeit scheiße
gefühlt. Ich habe meine gefühlsmäßigen Sorgen bei ihr abgeladen. Und
ich bereue es. Es hat mir auch aufgezeigt, wie stark meine Gefühle für
meine Freundin sind. Ich habe Tränen vergossen und geweint auf offener
Straße und dieser Dame erklärt, wie unsere Geschichte ist und wie sehr
ich meine Freundin in meinem Leben brauche. Ich konnte mich nicht
mehr verstehen. Doch andererseits machte ich mir keine großen Gedanken. Es ist viel weniger schlimm, als ich es sehe. Es ist eigentlich gar
nicht so schlimm. Jetzt denke ich mir einfach, dass wir gekuschelt haben, doch dies brauchte ich und ich bezeichne es nicht als fremdgehen.
Ich habe ebenfalls aus der Situation viel gelernt. Ich habe nicht sehr gut
reagiert, aber ich habe probiert, das Beste daraus zu machen. Ich wäre
äußerst eifersüchtig, wenn sie so etwas machen würde. Doch ich hatte keinen Sex und ich machte dies klar. Ich erwähnte, dass ich meine
Freundin liebe und sie heiraten wolle. Dies wurde akzeptiert. Ich kann
zufrieden sein, wie es kam. Ich kann es als lehrreich ansehen. Und ich
weiß, ich werde nie mehr einen Fehltritt begehen! Da mir jetzt klar ist,
wie sehr ich loyal sein will, weil ich sie perfekt behandeln möchte. Und
das werde ich auch sein, weil sie dies verdient. Sie ist eine wunderbare Frau, die einen Mann braucht, der sie behandelt, wie sie es verdient.
Ich werde alles tun, damit sie glücklich ist, auch wenn sie sich gestresst
fühlt. Ich muss dies verstehen. Ich stehe in ihrer Schuld. Mehr denn je.
Und dies will ich sie wissen lassen. Doch mein Problem ist, dass ich ihr
wieder mal nicht glauben kann. Jetzt, nachdem sie gesagt hat, sie sei
teilweise innerlich tot. Doch ich muss. Wieso kann ich nicht genießen,
solange kein Problem da ist? Ich kann ihr glauben. Sie liebt mich! Sie
tut es wirklich. Und ich muss es akzeptieren. Ich will unbedingt wieder
mit ihr telefonieren. Ich muss ihre Stimme hören und über unser Leben*

reden. Und über die Zukunft. Ich will sie reden hören, egal, wenn es keinen Sinn ergibt. Wir haben schon so viel zusammen erlebt. Es ist wunderschön. Ich denke immer an diese Erlebnisse. Ich hoffe, das tut sie auch. Damit sie mich nicht vergisst. Doch das wird sie so oder so nicht.

22. März 2018 07:16
Wieso sollte sie mich vergessen? Ich weiß, das wird sie nicht. Ich habe ihr gesagt, und sie hat das auch gesagt, dass, wenn sie sterbe, ich nie aufhören könnte, an sie zu denken und sie könnte das auch nicht. Ich habe ihr gesagt: „Egal was passiert, du wirst für mich immer speziell bleiben und ich werde dich nie vergessen. Niemals, trotz deiner kalten, lieblosen und emotionslosen Seite, die du mir jetzt zeigst, werde ich nie die Momente vergessen, in denen ich mich wiederholt in dich verliebte. Deine freudige, lustige und herzliche, verspielte Seite, die zum Vorschein kommt, wenn du gelassen und ruhig bist, ist das, was ich am meisten liebe auf dieser Welt und ich will dafür bei dir bleiben. Wegen unserer Geschichte, die wir haben. All die Momente, die wir gemeinsam hatten, waren so wunderschön. Ich werde mich für immer daran erinnern, egal was passieren wird. Ich liebe dich und ich habe viel Zeit, um über dieses Gefühl nachzudenken. Ich habe zu viel Zeit, um mir auszudenken, was ohne dich wäre. Doch ich weiß, ich werde dich nie betrügen. Du bist das, was ich will. Doch zurzeit fühle ich keine Liebe, die zurückkommt. Ich weiß, das Studium macht dich fertig. Doch du zeigst dich mit anderen glücklich. Und schaffst es nicht, mir Liebe zu zeigen. Ich denke, ich bin eifersüchtig auf die Menschen, die deine wunderbare Seite voll Herzlichkeit sehen dürfen, die sich in dich verlieben, während du mir deine emotionslose Seite zeigst und ich stark bleiben muss, weil ich an uns glaube."

Rückkehr und Akzeptanz

23. März 2018

Zur Abwechslung befand ich mich in diesen Tagen wieder einmal in meiner Heimat. Ich hatte in letzter Zeit den allgemeinen Gedankenhintergrund, dass mein Zuhause zurzeit nur dazu diente, mir einen Hafen bereitzustellen, in dem ich alle meine Sachen abliefern und neue packen konnte, um wieder die Segel zu setzen. Ich war ein Stück weit verwirrt. Ich kam nach Hause von Australien sowie Indonesien, war nun in der Schweiz, buchte soeben meinen Flug nach Paris für in zwei Wochen, doch wollte in Florida bei meiner Freundin sein. Ich empfand das Bedürfnis, mich abzulenken. Ich empfand schon immer den gewissen Wunsch, nach Paris zu gehen, und jetzt bot sich diese Gelegenheit. Max ging weiter nach Thailand. Ich denke, er war froh, nicht mehr mit mir reisen zu müssen. Mit mir, der emotionalen Dauerbetreuung. Ich war eine reisende Selbsthilfegruppe ohne vielversprechende Erfolgschancen.

Jedenfalls war ich am Flughafen und meine Mutter begrüßte mich mit Freudentränen überströmten Wangen, die mir ein Zeichen gaben, dass ich zur Abwechslung nicht die emotionalste Person im Raum war. Ich wurde überflutet von dieser mütterlichen Liebe, die ich zu überwältigend fand. Ich konnte dies nicht. Ich konnte nicht so viel Zuneigung auf einmal ertragen. Ich reagierte darauf leider abweisend aber natürlich war ich froh und erleichtert, wieder in meinen Hafen einzulaufen. Wieder diese Pünktlichkeit und Genauigkeit, egal wo man seine Blicke hinwirft. Mit den neuen Eindrücken anderer Welten erschien einem dieses Land so winzig. Es ist alles so süß und niedlich. Wir sind diese Umstände gewöhnt, doch dies ist nicht die Realität der Mehrheit. Ich verstehe die Welt mehr und mehr mit jedem Schritt, den ich auf dem Planeten hinter mich bringe, und ich bemerkte, dass unsere Existenz so unnötig penibel ernst genommen wird. Wir verausgaben uns, um besser zu leben. Dies klang für mich so kontrovers, dass ich nach einem höheren Sinn suchen musste, um dieses Paradigma zu verstehen, um nicht denken zu müssen, dass unsere Existenz absolut keinen Nutzen hat. Doch all dieses rationale Wissen und all diese Erkenntnisse darüber konnten nicht helfen, meine Emotionen auszublenden.

23. März 2018 08:06

Ich vermisse sie sehr. Ich habe ihr gesagt, wie ich zu unserer Situation stehe, und sie hat es sich nicht angehört. Ich mache mir so viele Gedanken, ich kann nicht aufhören. Sie liebt mich. Ich kann nicht oder ich will nicht, dass unsere Liebe aufhört. Ich muss mit ihr telefonieren. Ich hasse es, ihr immer diese Dinge zu erzählen, ich denke dabei an zwei Dinge:

1. Ich will ihr nicht immer Negatives erzählen.
2. Ich muss, sonst gehe ich drauf.

Ich vermisse sie sehr. Ich kann das nicht verhindern, ich muss mit ihr reden. Doch was ist los in letzter Zeit? Ich weiß es nicht. Ich sollte ruhig bleiben. Was ist los mit mir? Ich weine schon den ganzen Morgen. Vermisse ich sie? Bin ich eifersüchtig? Ja, ich bin eifersüchtig, dass sie Spaß hat mit anderen und mir keine Liebe zeigen kann oder konnte. Ich muss mich ändern. Ich muss. Wenn sie ausgeht, bin ich eifersüchtig. Weil sie nie antwortet? Ja, vielleicht, weil ich antworten würde. Ich bin eifersüchtig, wenn sie Spaß hat. Ich habe ihr auch nicht gesagt, wenn ich ausgehe. Ich kann nicht etwas verlangen, was ich selbst nicht mache. Ich fühle, unsere Beziehung geht auseinander wegen der Distanz. Doch das will ich nicht. Und das will sie auch nicht. Allerdings merke ich nichts mehr davon in letzter Zeit. Ich habe auch zu wenig Einblick in ihr Leben, um alles verstehen zu können. Doch ich fühle mich schlecht, egal was ich mache. Sie sagte mir auch, es solle so nicht sein. Ich müsse mir nicht so viele Gedanken machen. Und dass sie mich liebt, sei so. Doch ich kann nicht glauben, dass es längerfristig gemeint ist. Ich vermisse die herzlichen Dinge, die sie mir geschrieben hat, wie dass sie mich vermisst und dass sie will, dass ich jetzt an ihrer Seite bin und all dies. Ich vermisse, an ihrer Seite zu sein. Ich vermisse, dass sie sagt, sie fühle sich komplett mit mir und all dies. Ich habe Angst, dass sie mich mehr und mehr vergisst. Sie sagte vor Bali, dass sie Angst habe, dass ich sie vergessen würde, doch jetzt habe ich Angst, sie würde mich vergessen. Wieso kann ich ihren Aussagen nicht vertrauen? Wenn sie sagt, sie werde mich nie vergessen, wieso kann ich ihr das nicht glauben? Ich muss, denn ich habe ja kein Problem, nichts! Wir trennen uns schon nicht, keine Angst. Ich weiß das. Unsere Liebe ist zu stark.

23. März 2018 10:49
Ich bin nicht ich oder ich will nicht ich sein. Heute hätte ich sie gesehen, das macht mich so traurig. Doch das zeigt mir auch, dass der Tag kommen wird, an dem ich sie wiedersehen werde. Dieser Tag wird schneller kommen, als ich denke. Und das ist gut so. Ich mache mir zu viele Gedanken über alles. Das macht sie auch nicht. Sie merkt gar nicht, wenn ich traurig bin. Für sie gibt es keine inneren Szenarien. Für sie ist wahrscheinlich alles okay. Sie denkt wahrscheinlich nicht so von mir, wie ich denke, dass sie von mir denkt. Ich muss aufhören, mir Gedanken zu machen, die über mein Wissen hinausgehen.

23. März 2018 18:30
Ich denke mir zu viele Szenarien aus, die sehr wahrscheinlich nicht stimmen. Mir fallen so viele negative Gedanken ein, dass ich mich selbst auffresse. Ich denke äußerst eifersüchtig. Ich denke immer, sie trifft sich mit anderen und schreibt immer mit anderen. Aber dies stimmt wahrscheinlich gar nicht. Ich mache mir zu viele Sorgen, die nicht notwendig sind. Ich muss damit aufhören. Das hat keine guten Auswirkungen auf sie. Schon gar nicht in einer Fernbeziehung. Dies ist sehr schädlich. Ich muss aufhören damit.

24. März 2018
Diese letzten paar Tage verbrachte ich mit Selbstbereicherung. Ich schlief immer gekonnt aus, braute mir Kaffee und saß gedankenverloren auf meiner Terrasse, mit Blick in den meist verregneten Garten. Ich liebe es, dieser durch Nebel verstärkten mystischen Szenerie meine Zeit zu schenken. Gefroren habe ich, doch ich genoss es. Ich hatte das heiße, dampfende Getränk zwischen meinen Fingern und nahm regelmäßige Schlucke, um die Körpertemperatur zu regulieren. Meine Gedankenwelt drehte

sich im Kreise. Ich begann, mich mit meinen Schmerzen anzu-
freunden. Ich begann, diese ganze Situation und die Geschehnisse als gewollten Teil meines Lebens zu sehen. Ich begann, diese Zeit des Leidens zu genießen. Ebenfalls begann ich, mir selbst zuzusprechen, dass ich nicht verrückt sei. Ich dachte an die Leiden des jungen Werthers und an sein Schicksal und da schauderte es mir. Schnell schüttelte ich mein Haupt und begab mich schleunigst ins Innere. Ich fühlte mich wohl in der so ruhigen und einsamen Wohnung. Ich wuchs in diesen Räumen auf und erlebte die so sorglose Kindheit, das Jugendalter und nun lebe ich noch hier als junger Erwachsener. Diese Wohnung gibt mir einen Wohlfühlort, den ich aufsuchen kann, wann immer ich das Bedürfnis habe. Ich schnappte mir ein Buch, das einen möglichst philosophischen Titel hatte, und begab mich in die Stadt zu meinem Stammcafé, um meine paar nächsten Stunden dort zu verbringen.

24. März 2018 08:23
Ich mache genau das, was ich immer verachtet habe. Ich schaue, wenn sie online war und all dies. Doch in letzter Zeit hatten wir auch keine tolle Kommunikation. Ist dies nur Einbildung? Wahrscheinlich … Ich habe einfach die Einbildung in meinem Kopf, dass sie mit jemand anderem schrieb und sie sich nun vermehrt treffen. Doch woher sollte ich dies wissen? Weil sie mir nicht antwortete, obwohl sie online war! Was ist los mit mir, ich bin wie eine Dramaqueen. Ich suche Probleme, wo keine sind. Ich muss mich endlich wieder auf mein Leben konzentrieren! Sie ist ein Teil, doch nicht alles. Ich richte mich zu fest nach ihr. Gut, wenn sie sich nicht meldet – nicht mein Problem. Ich liebe sie, aber wenn sie kein Interesse zeigt, werde ich das schon merken. Und sie wird es auch definitiv zeigen. Doch so ist es nicht. Wir bleiben zusammen. Glaub es endlich. Ich bin ein Dummkopf, der seine Liebe nicht akzeptieren will und da ich keine richtigen Probleme habe, habe ich mir diese erstellt. Doch das ist gar nicht gut. Stopp, ich brauche dies nicht. Ich habe Angst, dass sie mich nicht mehr liebt, weil ich etwas Falsches gesagt habe. Funktioniert so mein Kopf? Was ist los? Sie hat viel Falsches gesagt. Und wo bin ich? Ich liebe sie wie immer. Ich muss mich auf ihre starke Liebe verlassen und keine Probleme mehr kreieren. Wir

wussten, es würde so kommen. Ich muss stark bleiben. Doch es hat mich schon ein wenig gebrochen. Ich muss ihr meine Stärke zeigen. Weil ich fest an uns glaube.

26. März 2018

Heute war ich euphorisch und gut gelaunt. Der Grund dafür konnte die intensive Beschäftigung mit meinen Gefühlen sein. An diesem Tag stand ich auf und fühlte mich gestärkt durch meine emotionale Erleuchtung. Ich tat, was ich am besten kann, und ging Kaffee trinken. Dies kann ich ebenfalls am besten allein mit einer kleinen ausgelesenen Lektüre. Auf einmal kam ein unerwarteter Anruf eines Freundes, der mir berichtete, Tickets für Gregory Porter im KKL Luzern zu haben! Diese Gelegenheit konnte ich natürlich nicht ungenutzt belassen. Ich kleidete mich mit eleganten, doch wintergerechten Kleidern und machte mich schnurstracks auf den Weg, da das Ereignis schon bald hätte beginnen sollen. Dort angekommen, begrüßte ich meinen Botschafter und dessen Schwester. Wir plauderten ein wenig und diskutierten über meine Fernbeziehung. Ich war bei guter Laune und berichtete von all unseren schönen Erlebnissen. Die Unterhaltung ließ mich aber unterbewusst auf ein gewisses Niveau gleiten, bei dem ich dann bemerkte, dass dort das Eis sehr dünn war. Ich konnte nicht den Segen preisen, ohne an die Realität zu denken. Eine gute Runde in frohmütiger Gesellschaft war nun das Beste für mich. Doch als ich die Zeit in Erwähnung brachte und meinte, man solle sich langsam zu seinen Plätzen begeben, wurden von meinen Gegenübern kurze Blicke ausgetauscht und mein Freund meinte ganz erstaunt: „Ich dachte, du wüsstest es." Ich kannte meinen Kumpel natürlich und erkannte sofort, dass ich allein das Konzert zu besuchen hatte. Ich schnappte das Ticket, bedankte mich für diese Möglichkeit und ging zu meinem Sitz. Das dünne Eis wurde nun allein betreten. Die Einsamkeit breitete sich in meiner Brust aus, als unverhofft eine längere Nachricht meiner Freundin kam. Ich kann und will mich nicht erinnern, was ich darin zu lesen bekam. Ich erinnere mich an ein Gefühl der Verwirrung, das sich aufgrund dieser Worte zu erkennen gab. Die unverständlichen Worte meiner Freundin gaben mir ein einengendes Gefühl, dem ich nicht ausweichen konnte. Ich lief die einzelnen Stufen zu meinem Platz in vollständiger Nachdenklichkeit. Ich wehrte mich dagegen, meinte das Unverständnis besiegt zu haben, doch dies war alles wirkungslos. Ich erkannte, das Eis gebrochen zu haben. Ich fiel ins eiskalte Wasser und wurde von der Dunkelheit verschlungen. Es geschah und daran ließ sich nichts ändern. Ich ließ mich nieder auf meinem vorzüglich platzierten Sitzplatz der vorderen Reihen, der Musiker kam heraus, begrüßte das Publikum, alle klatschten und die nächsten zwei Stunden lauschte ich in voller Konzentration der Musik emotional zu.

26. März 2018 09:52
Wir haben immer noch nicht telefoniert. Ich vermisse sie sehr. Doch ich sehe immer alles negativ. Sie hat ein neues Handy. Und jetzt hat sie ihr Profilbild geändert. Weil sie nur sechs Bilder hatte. Das macht mich fertig und sie weiß das. Auf ihrem alten Profilbild war ich zu sehen. Ich sehe ihre Aktion als Versuch mich immer mehr zu verdrängen. Doch weiß sie es wirklich? Ich weiß, sie ist schlecht darin, Menschen zu spüren, und sie denkt nicht oder bemerkt nicht, wenn etwas nicht gut läuft. Doch genau das ist es. Es gibt kein Problem, dies ist nur erstellt in meinem Kopf. Alles in mir drin. Ich kann nicht mal ihr Profilbild anschauen. Weil ich nicht darauf bin. Ich bin so komisch. Ich hasse mich für die Situation momentan. Ich muss besser reflektieren, was passiert. Ich bin im Hier und Jetzt. Ich bin nirgendwo anders. Ich denke an die Zukunft, während ich in der Vergangenheit lebe. Ich will bei ihr sein in Florida, während ich sie mir bei mir in Luzern wünsche. Ich komme von Bali, bin zuhause, aber bald in Paris. Mich stören Kleinigkeiten, die so unbedeutend sind, so extrem stark. Sie hat gesagt: „I'm sorry, I know this really isn't what you wanted." Und es stört mich, dass sie nicht sagte: „What I wanted or what we wanted." Ich habe das Gefühl, die ganze Beziehung hängt nur noch an mir. Und ich denke, dass es ihr egal wäre, wenn ich Schluss machen würde. Aber genau davor habe ich Angst. Dass wir Schluss machen wegen der Distanz. Doch es ist hart. Ich beginne, zu zweifeln. Es macht mich noch viel mehr fertig, dass ich nicht weiß, was sie denkt. Ich fühle mich nicht mehr so verbunden mit

ihr wie früher, obwohl ich mir gesagt habe, ich sollte mich nicht ändern und nie anders denken. Ich sage mir das jedes Mal nach einem Telefonat. Doch ich schaffe es nie. Ich falle jedes Mal wieder in ein Loch von Traurigkeit, Einsamkeit, Eifersucht und dem Verlangen, alles über sie zu wissen, weil ich zu wenig von ihr mitbekomme, für das Gefühl geliebt zu werden. Sie hat mir schon so viel gesagt, dass sie mich liebe und dass sich das nicht ohne Weiteres ändere. Auch hat sie gesagt, es sei ein Fakt und dieser ändere sich nicht einfach so. Ich kann es immer noch nicht wahrhaben. Auch will ich ihr diese Dinge nicht mehr sagen, da ich auch nicht vollständig hinter dem stehe, was ich sage. Weil ich selbst an dem zweifle, wie ich denke, fühle und wie ich handle. Ich suche bei so vielen Leuten Rat, doch helfen kann nur sie mir. Dies bedrückt mich ebenfalls, da sie so selten online ist und wir lange Zeit nicht telefonieren konnten. Ich muss mir selbst versprechen, diese Gedanken loszuwerden. Bitte!! Ich muss stark sein. Ich muss diese Gefühle endlich loswerden! Endlich! Was mir auffällt, während ich das schreibe, ist, dass ich diese Gefühle schon seit Ewigkeiten habe. Von Anfang an wusste ich mit solchen Dingen umzugehen. Ich war dazumal stark genug und zeigte dies nicht. Ich muss wieder in diese Position gelangen, bei der ich mein Handeln im Griff habe, denn ich wirke gar nicht potent, doch ich will auch meine Gefühle zeigen. Aber ich muss meine Gefühle überdenken, bevor ich etwas sage. Ich muss die Situation von außen betrachten, immer. Ich muss es mir versprechen.

27. März 2018

Ich dachte an die Zeit in Paris und an den Überraschungsbesuch meiner platonischen Freundin aus Holland. Ich freute mich sehr, denn ich hatte mit Lisa eine Überraschung geplant. Ich hatte eine ermüdende Zeit hinter mir, die mir zeigte, ich müsse besser auf mich aufpassen. Diese ganze wunderschöne Zeit hatte durch meine emotionalen Leiden einen Graufilter erhalten. Ich lebte bewusst. Es war mir klar, dass ich im Jetzt leben sollte, aber dies auf meine Gefühle zu übertragen, war nahezu unmöglich. Ich befand mich immer mehr in einer Schutzposition, in der ich unempfänglich für negative Einflüsse zu sein versuchte. Ich hoffte, dies würde gelingen.

27. März 2018 09:09

Wir hatten eine kleine Diskussion über Textnachrichten und wir haben immer noch nicht telefoniert. Doch wir werden schon noch telefonieren, solange sie zuhause ist. Es ging darum, dass wir uns nie sehen. Und was sie bedrückt, ist, dass wir in der Vergangenheit gefangen sind. Solange wir uns nicht sehen, reden wir über die Vergangenheit. Ich sehe dies auch ein. Wir sollten im Jetzt leben. Nur ich fühle ihre Liebe zu mir wirklich nicht mehr so stark. Sie muss ein Gespräch oder eine Erfahrung gemacht haben, die sie darin verändert hat, wie sie denkt. Ich weiß dies nicht. Ich will unbedingt wieder mit ihr telefonieren. Aber sie anscheinend nicht. Ich weiß, wie es dort zu- und hergeht. Bei ihr ist immer etwas los und Zeit zu finden, ist schwierig, aber es scheint, als wolle sie gar nicht telefonieren. Doch für mich ist dies unverständlich, da ich immer allein bin und immer Zeit habe.

27. März 2018 14:26

Sie sagte, wir sollten nicht unser ganzes Leben hinter Bildschirmen verbringen. Dies kann man verschieden verstehen. Sie will nicht mehr oder sie will Veränderung. Doch was sie ebenfalls erwähnte, ist, dass es unmöglich scheine, dass wir uns sehen, was ich ja auch alles verstehe, doch ich weiß nicht, ob sie Schluss machen will. Ich hoffe, nicht. Doch alles hat einen Grund. Und sie verhält sich anders, aber dies hat den Grund, dass sie gestresst ist. Ich weiß nicht, was sie genau will. Das will ich herausfinden. Doch es wird nichts Schlimmes sein. Sie sagte mir, dass sie nicht ans Schlussmachen denke, aber dies ist einige Wochen her und auch dort wurde es schwer, zu realisieren, dass wir uns lange nicht mehr sehen. Sie ist ebenfalls so selten online. So kann man keine Konversation führen.

27. März 2018 16:37

Ich sehe sie als Teil meines Lebens, doch sie ist nicht mein Leben. Es wäre schön. Aber ihr Verhalten in letzter Zeit ist komisch. Ist es das wirklich? Sie ist sehr selten online, oder bin ich ein Kontrollfreak geworden? Ich nehme einfach alles, was positiv war, drehe es um, weil es anders ist, und interpretiere es jetzt negativ. Doch egal was passiert, ich muss ich bleiben. Nicht in der Vergangenheit leben, obwohl diese schön war. Ich lebe in der Vergangenheit.

27. März 2018 18:35

Ich habe gerade mit ihr telefoniert. Wir wissen nicht, was wir tun sollen. Sie weiß nicht, ob sie glücklicher ohne mich ist. Wir müssen eine Lösung finden. Ich habe keine Lösung und sie kümmert sich nicht so stark. Als ich sie fragte, ob sie Schluss machen will, sagte sie: „Not yet." Das klingt gar nicht gut. Aber es ist die Realität. Ich liebe es, mit ihr zu reden. Wir passen perfekt zusammen, das ist immer noch so. Wir vermissen uns und wir wollen zusammen sein. Doch irgendwie geht das nicht. Ich verzweifle fast. Die Situation muss gelöst werden. Wir sehen uns eine lange Zeit nicht. Es wird eine lange Zeit. Doch wir sollten durchstehen. Ich will nicht wegwerfen, was wir haben. Ich werde sie nie vergessen und das stimmt immer noch. An das glaube ich, nur habe ich keine Lösung für unser Problem. Wir wissen beide nicht, was wir machen sollen. Wir wussten, dass es hart wird, doch jetzt trifft uns die Realität. Wir müssen eingestehen, was mit uns vorgeht. Und wir hatten unsere Traumvorstellung. Ich muss sie fragen, ob sie mit mir zusammenbleiben will. Die Entscheidung muss kommen. „Nicht jetzt." Was soll diese Antwort? Als wäre es klar, dass wir nicht zusammenbleiben. Wir müssen uns entscheiden. So geht das nicht und es ist hart. Es ist unfair. Wir lieben uns, doch wir können nicht zusammen sein. Das ist so unfair. Wir waren zur falschen Zeit am falschen Ort. Ich bereue keine Sekunde mit ihr. Doch ich brauche eine Lösung. Wie soll ich damit umgehen, dass sie nie reden kann und dass sie nie planen kann. Ist es zu viel verlangt, dass ich sie frage, ob wir mal planen sollten? Wenn ich etwas sage, dann stimmt das meistens auch. Wenn sie etwas sagt, kann man nie sicher sein, ob dies auch stimmt. Ihre Meinung wechselt immer. Muss sie endlich erwachsen werden oder kann ich dies einfach nicht akzeptieren? Wie geht das? Wie kann ich akzeptieren, was mich zutiefst bedrückt? Ich habe das Bedürfnis, immer mit ihr zu reden. Sie hatte dies auch. Doch wie hat sie dies verloren? Was ist passiert? Wir können uns nie sehen. Es ist alles anders. Freut sie sich überhaupt, mit mir zu reden? Es war so, dass sie sagte, wenn ich auflegen musste: „Don't go!" Doch jetzt ist es so, dass sie kaum Zeit hat und ich warte die ganze Zeit darauf, dass sie mit mir telefonieren kann. Sie will viel Zeit verbringen mit den Leuten dort, was ich verstehe. Aber ich verstehe nicht, dass sie überhaupt keine Zeit findet, um mit mir zu reden. Ich kann es nicht verstehen. Doch muss ich? Oder will ich nicht?

Ich weiß nicht, wer im Recht ist. Wir sind nicht zusammen. Sie sagte, sie sage ihrem Umfeld, ja, sie habe einen Freund, aber er sei in der Schweiz. Sie glaubt nicht mehr an uns. Doch sie glaubte an uns. Was ist passiert? Die Realität hat uns getroffen und wir müssen uns eingestehen, was uns erwartet.

Eingestehen

Ich erkannte, dass ich mir die Realität eingestehen musste, und begann, loszulassen. Ich hatte Unmengen an Energie aufgebracht, um die Situation aufrechtzuerhalten. Ich verlangte und erwartete viel von meinem Gegenüber. Ich wusste, dass meine Bitten nicht eingehalten werden würden und doch war ich jedes Mal wieder enttäuscht. Ich stoppte meine Notizen mit dem Gedanken, dass ich durch meine Aufzeichnungen realisierte, dass sich mein Verhaltensschema immer und immer wieder wiederholte. Ich bemerkte keinen Fortschritt in meinen Schriften. Diese las ich in der Hoffnung, eine Lösung zu finden. Doch was gefunden wurde, war die Erkenntnis, dass ich mich ohne die Hilfe meiner Freundin nicht bessern könnte. Ich verstand ebenfalls, dass all dies meine Probleme waren. Nur ich konnte mein Leben und meinen Schmerz leben. Mit dieser Erkenntnis hatte ich folgende zwei Optionen zur Verfügung. Die erste war, so wie bis anhin weiterzumachen. Und die zweite war, mit der Situation abschließen zu müssen. Meine Hoffnung, die noch tief in mir schlummerte, wurde zum Indikator meiner schlaflosen Nächte. Dies erkannte ich durch die vielen Worte, die meine Seele mich hat niederschreiben lassen. Somit machte ich mir zur Aufgabe, meine Hoffnung schwinden zu lassen. Ab diesem Zeitpunkt wollte ich nichts mehr mit dieser ganzen Situation zu tun haben. Ich musste abgeben, was ich nicht mehr länger besitzen konnte. Ich musste meine Hoffnung abgeben, mit dem Gedanken, dass, wenn die Hoffnung erlischt, all die herzzerreißenden Emotionen ebenfalls dahinziehen. Dies brauchte Disziplin und gewisse Verhaltensmuster, denen ich folgen musste. Somit erstellte ich für mich persönliche Lebensregeln, die ich aufgrund meiner Erfahrung erkannte und zusammenstellte.

Zitiert aus dem Buch meiner Emotionen:

Ich habe mir viele neue Gedanken bezüglich meines Lebens, meiner Lebenseinstellung und meines zukünftigen Weges gemacht. Ich möchte mir die Mentalität „Das Einzige, was sich nie verändert, ist die Veränderung." aneignen, um alles zu akzeptieren, was auf mich zukommt. Den Situationen, die unveränderlich Änderungen angenommen haben, nicht nachweinen und sich Altes wieder wünschen. Dies ist unmöglich und sollte daher nicht betrauert werden. Die zweite Mentalität ist: „Alles positiv sehen." Das Beste aus jeder Situation nehmen und immer versuchen, etwas daraus zu lernen. Im Moment leben. Ich lebe noch nicht so und habe noch immer negative Gedanken, die mich psychisch runterziehen und durch die ich auf andere Menschen schwach wirke. Eine negative Einstellung hinterlässt auch eine negative Einstellung bei meinen Mitmenschen. Ich will, dass man sich mit mir wohlfühlt. Doch ich fing an, mich selbst runterzuziehen. Dies ist unnötig. Ich muss mir einige goldene Regeln und Verhaltensweisen aneignen und erstellen, die mir helfen, meine gewünschten Mentalitäten zu verinnerlichen.

- *Ich bin ich und niemand sollte mein Gemüt beeinflussen.*
- *Ich bin ich und ich bin die Person, die ich sein will.*
- *Ich bemühe mich, die beste Person zu sein, die ich sein kann, und ich bemühe mich, allen ein gutes Gefühl zu geben.*
- *Ich bemühe mich, allen eine Chance zu geben, aber ich laufe niemandem hinterher. Wer nicht will, der hat schon!*
- *Ich lebe stoisch und im Moment.*
- *Ich bin die einzige Person, die ich sein kann und niemand anders, somit bin ich die einzige Person, die ich brauche.*

Dies half mir oftmals, in bestimmten Situationen auf die richtige Weise zu handeln. Ich lernte, loszulassen, um mich mehr mit mir beschäftigen zu können. Dadurch erkannte ich wieder den Wert, den ich mir selbst zusprechen muss. Man könnte meinen, ich hätte dies viel früher machen sollen, doch ich war dazu einfach noch nicht bereit. All diese Unverständlichkeit, die ich durchlebte, zeigte mir den Weg, auf dem ich am Ende stark genug war, um loslassen zu können, um die Realität zu akzeptieren. Dies war bis zu diesem Zeitpunkt nicht möglich. Die Hoffnung loderte innerlich zu stark und gab mir eine andere Richtung vor. Ich musste den Schmerz durchleben, um diese Erkenntnis zu erhalten.

Die Tage verstrichen und ich landete in Paris. Ich bemerkte, ein fröhlicherer Mensch geworden zu sein. Natürlich war ich bei meinen Reisen und zuhause fröhlich und zeigte mich stets lebensfreudig. Dies war ich auch, solange ich mich in Gesellschaft anderer befand oder ich eine Ablenkung hatte. Doch sobald ich mich allein fühlte, überkam mich diese mich immer begleitende Traurigkeit, die in jenen Augenblicken überhandnahm. Nun also befand ich mich in einer total neuen Welt. In Paris, der Stadt der Liebe und prächtiger Architektur. Die Kultur sowie das Nachtleben sind faszinierend auf ihre eigene Art. Ich bezog mein Zimmer in einer Pariser Wohngemeinschaft und hatte mich bestens eingelebt. Als ich dachte, es könnte nicht mehr besser werden, da die Wohnlage mich in eines der kultiviertesten Viertel der Stadt brachte, realisierte ich Unglaubliches. Da ich meiner Kollegin aus den Niederlanden einen Überraschungsbesuch abstatten wollte, informierte ich mich weder über ihre Wohnlage, noch wusste sie, dass ich überhaupt kommen werde. Nun war der Tag gekommen und zusammen mit meiner Komplizin Lisa, die bei diesem Überraschungsbesuch mithalf, statteten wir ihr einen Besuch ab. Es ging nicht allzu lange, um zu realisieren, dass diese in derselben Straße wie ich ihren Wohnsitz hatte. Also saß ich auf meinem kleinen Balkon im vierten Stock und hatte eine Unterhaltung quer über die Straße rufend mit meiner Kollegin. Der Fakt, dass dieser Zufall entstand, macht mich bis heute sprachlos. Paris ist enorm groß und dass dies passieren konnte, ist einfach unglaublich. Dementsprechend war ich gut aufgehoben in einer der diversesten Städte der Welt. Die Gesellschaft zwei junger Damen genießen zu können, war wohl die beste Voraussetzung, um mich selbst zu finden. Ich erlangte dieses Verlangen, nach eineinhalb Monaten mit meinem besten Freund wieder einmal in weiblicher Gesellschaft zu sein. Dies kam mir gerade gelegen. Ich suchte nicht die körperliche Nähe. Ich war leer und emotionslos. Ich verbrauchte all meine Energie auf der Suche nach weiblicher Anerkennung. Ich sehnte mich nach der Verbundenheit mit der weiblichen Seite. Nur diese so sanften und weichen Stimmen brachten mich wieder auf andere Gedanken. Meine Seele war imstande, sich durch die Zärtlichkeit, allein durch die Gesellschaft junger Damen, wieder beruhigen zu können. Diese so weiche Art brachte die Dinge in mir wieder ins Gleichgewicht. Es tat gut. Ebenfalls die Zeit, in der ich mit mir allein beschäftigt war. Ich erstand einen Museumspass, der mir ermöglichte, etliche Sehenswürdigkeiten innert einigen Tagen besichtigen zu können. Nun also legte ich mir jeden Tag im selben Café, beim Übersetzen eines französischen Philosophiebuches, eine Expedition parat. Ich erkundete Paris täglich ein wenig mehr. Ich wollte diese so facettenreiche Weltstadt in ihren Einzelheiten erkunden. Ich wollte mir die urigen Gässchen sowie die erholsamen Parks gleichermaßen einverleiben. Man sagt, eine Stadt habe eine Seele und einen sich allgegenwärtig umgebenden Schleier, der einem durch allein den Aufenthalt an jenem Ort eine bestimmte Stimmung gebe. Mit dieser Seele wollte ich Bekanntschaft machen. Diese Seele sollte mit meiner Seele in Verbindung treten, um über Gott und die Welt zu reden. Ich erdachte mir, vielleicht eine Korrelation gefunden zu haben, zwischen der Stadt der Liebe und meinem Inneren. Die Stadt der Liebe repräsentiert die Romantik und die ungeteilte Aufmerksamkeit, die man einer Person oder eben Paris schenken kann. Sie zeigt die Möglichkeit, geliebt zu werden, doch hinterlässt die Erkenntnis, dass die Liebe nicht der Ort ausmacht, sondern die Menschen sie ausmachen. Eine Stadt, die Liebende bereisen, in der Hoffnung, eine bessere Hochzeit zu haben. In der Hoffnung, ihre Liebe halte ewig. Im Gedanken macht die Stadt ihre Zweisamkeit zu einer der außergewöhnlichen. Die Erwartungen an gekonnt aneinandergereihte Gebäude und Straßen, eine dreckige und suspekte Metro, an Plätze mit blutiger Vergangenheit sind immens. Die idyllische Leichtigkeit oder ebendieser Schleier, den diese Stadt umgibt, lässt uns nicht lieben. Jemand, der über keine Liebe oder Zuneigung verfügt, wird diese auch in Paris nicht finden. Dieser wird an den Gebäuden nur kaltes Mauerwerk und in den Straßen nur den Müll sehen. Doch wer lieben kann, dem wird es gelingen, seinen Gefühlen freien Lauf zu lassen. Die Liebenden werden das Romantische herausfiltrieren, um es in ihre verliebte Seele einzuverleiben. Man kann sich selbst lieben lernen, wenn man erkennt, dass, solange man abhängig von jemandem ist, dies nicht gelingen wird. Das eigene Wohl hängt dann immer von der Zuneigung des anderen ab. In einer Stadt, die so groß ist wie Paris, merkt man, wie es ist, auf sich gestellt zu sein. Niemand würde dir hier, ohne Begründung, seine Liebe schenken. Diese muss man in sich selbst finden. Doch sobald diese gefunden wurde, kann eine andere Person einen Platz im Herzen einnehmen. Wo kein Samen ist, kann auch nichts sprießen. Wo keine Liebe ist, kann keine Liebe wachsen. Paris zeigte mir den Wert, den ich mir zusprechen sollte. Es zeigte mir, wie wichtig die Liebe zu sich selbst ist. Ich liebte mich selbst und die Stadt schenkte mir ihre Schönheit. Die Liebe zweier Menschen funktioniert gleichermaßen. Derjenige, der imstande ist, sich an sich selbst zu erfreuen, dem wird es gelingen, eine gesunde Beziehung ohne erniedrigende Emotionen zu leben.

Ich kann dies gewissermaßen auf mich übertragen. Ich verlor die Liebe an mich. Ich hatte durch all die gegebene Liebe vergessen, wie es ist, sich selbst zu lieben. Somit wurde ich abhängig von der Zuneigung meiner Freundin. Diese entschied, wie ich mich fühlte. Mein Glas war leer, das nur sie füllen konnte.

Dies zeigte mir die Einsamkeit mit meinen Gedanken und die Analyse meiner Aufzeichnungen. Ich sprach mir wieder vermehrt selbst Wert zu. Je mehr dies gelingen konnte, desto weniger war ich verletzlich und zerbrechlich. Die größte Zuneigung kam wieder von mir selbst.

Dies war mir nur möglich geworden, da ich all diese Strapazen hinter mir ließ, um mich auf die Gegenwart zu konzentrieren. All das unverständliche Leiden führte zu jenem Punkt, an dem ich diese Erkenntnis hatte.

Nun war ich also in Paris und lernte, zu lieben.

Analyse

Ich hatte stets Hilfe, all dies verstehen zu können. Glücklicherweise war ich zur Zeit meines Tiefpunktes in Gesellschaft meines besten Freundes. Dieser kennt meine Seele und meine Geschichte bis heute am besten und konnte mir psychologisch beistehen. Die Psychologie sowie die Philosophie haben in der Gesellschaft einen Stellenwert, der diesen beiden sowie allen anderen Geisteswissenschaften ziemliche Nutzlosigkeit zuschreibt. Nutzlos ist es für diejenigen, die nichts mit Büchern und ihrem Verstand anfangen können und wollen. Nutzlos ist es für diejenigen, die den Tag so leben, wie er kommt, ohne hinterfragen zu wollen, warum dies überhaupt geschieht. Für diejenigen, die unbewusst leben und ihren Tugenden als Mensch aus dem Weg gehen wollen. Ich befand mich in einer Lage, in der ich gerne psychologische Begleitung angenommen hätte. Darauf vorbereitet, besaß ich einige Lektüren mit Titeln wie „Liebe" und „Sex". Natürlich waren dies philosophische Erläuterungen. Doch ebendiese Schriften ließen mich besser verstehen, was mir wiederfuhr. Ebendiese Schriften waren nicht sinnlos und unbrauchbar. Ebendiese Schriften erfüllten ihre Tugend, indem sie mir ihre Zeilen offenbarten, um mir einen Ausweg aus meiner misslichen Lage vorzustellen. Ich möchte gerne ein wenig auf meine Geschichte eingehen. Ich werde dabei von mir selbst Abstand nehmen, um alle Geschehnisse aus dritter Perspektive zu betrachten.

Angefangen hatte alles mit einer Begegnung, in der ich eine körperliche Liebe empfand. Ich betrachtete meine Freundin als hinreißend, elegant und erfahren. (Die Erkenntnis, dass der Frau ihr Auftreten bewusst war, entwickelte gewisse Reize in mir.) Sie handelte stets bewusst und wusste meines Erachtens sehr viel bezüglich sozialen Umgangs. Ein Körper ist am leichtesten zu lieben. Dies ist nicht schlecht, aber auch keine Errungenschaft.

Dies ist die niedrigste Stufe der Liebe laut der „aufsteigenden Dialektik" Platons. Diese beschreibt sinngemäß, dass ein Paar sich verschiedene Stufen der Liebe emporringen könnte. Die beschriebene körperliche Liebe ist die subtilste aller Stufen. Sie ist nichts Außergewöhnliches und kommt häufig vor und geht meist auch schnell wieder. Den Paaren soll geraten sein, stufenweise aufzusteigen, um die höchste Form und somit eine viel seltenere Form der Liebe zu erreichen. Ich war bereits in ihre Attraktivität verliebt. Doch ich wusste, dass mir diese Vorstellung nicht gerecht wird. Ich wollte die für mich dazumal noch unbekannte Sofia nicht objektivieren. Ihr Äußeres als Grundstein ihrer Person zu definieren, entspricht nicht meiner Denkweise. Ich strich diesen Punkt aus meiner Liste und fand in ihr meine beste Freundin. Wir konnten unseren wahren Persönlichkeiten freien Lauf lassen und mussten uns nicht hinter irgendwelchen Verhaltensmustern verstecken, nur um dem anderen zu gefallen. Nun also empfand ich ihre Seele als schön. Ich erkannte die Schönheit ihrer Seele. Dies ist nun wirklich viel anspruchsvoller, als die Schönheit eines Körpers zu erkennen. Laut Platon ist dies die dritte Stufe der Dialektik. Die zweite Stufe ist die Liebe zu allen schönen Körpern. Dieser Punkt wird bei unserer Geschichte kaum von Bedeutung sein, da ich ebenfalls ihre Schönheit ignorieren wollte, um ihrer inneren Schönheit mehr Platz zu bieten. Dies wäre der Übergang von Ästhetik zu Ethik. Ich war in ihre Persönlichkeit verliebt. Doch auch dies ignorierte ich zu Beginn. Ein Grund dafür war, dass meiner Ansicht nach eine sexuelle Beziehung unter uns nur zur Beendigung dieser empathischen Beziehung führen würde. Doch wie mir geschah, so geschah auch ihr. Auch sie empfand dasselbe für mich. Wir hatten eines Abends aus dem Nichts die Gelegenheit, uns zu küssen. Und es passierte. Wenn man an Schicksale glauben möchte, so könnte man dies als Vorbestimmung betrachten. Wir hatten die gleichen Vorstellungen voneinander. Und diese kamen heraus bei einem subtilen Kuss. All das versuchte Verstecken meiner Gedanken und Intentionen wurde unnütz. Wir erkannten unsere Gegenseitigkeiten und waren erleichtert, dass wir diese nun ausleben konnten. Wir mussten nichts mehr an uns und für uns verstecken. Ebendiese Anfangsphase zeigte uns, dass wir imstande waren, uns näherzukommen. Dies taten wir und wir verbrachten immer mehr Zeit miteinander. Wir verbrachten beinahe den ganzen Tag miteinander. In der Zeit, in der wir zusammen waren, konnten wir unsere Seelen verbinden. Wir erbauten unser eigenes Paradies. Wir lebten im Süden Frankreichs, fanden die Liebe und hatten alle Zeit der Welt für uns. So schien es zumindest in der Anfangsphase, in der wir immer noch mehr als einen Monat für uns hatten. Der ganze Prozess des Verliebens passierte unglaublich schnell. Dies ist erstaunlich und bemerkenswert auch mit dem Fakt, dass unser Bund sich so stark entwickelte. Wir fanden unsere Zweisamkeit innert kürzester Zeit, die dafür erstaunlich lange hielt. (Und die Distanz war ein unterschätzter Kontrahent.) Durch die viele Zeit, die wir hatten, um unsere tiefsten Wünsche und größten Ängste zu erfahren, erkannten wir, dass eine weitere Stufe der Dialektik erreicht werden konnte. Die Schönheit der Moral. Die Schönheit der Vernunft. Die Schönheit der Wahrheit. Diese Schönheit liegt darin, in einem Menschen seine eigenen widerspiegelten Wahrheiten wiederzuerkennen. Ich rede von der nie auftretenden unangenehmen Stille zwischen Mann und Frau. Ich rede von dem Wissen über das Gedankenvermögen des anderen. Ich rede von der moralischen Einstellung einer Person, die nicht zwingend mit der eigenen übereinstimmen muss, aber dass diese eine so anziehende Wirkung auf uns hat. Das gewisse Etwas. Die Aura, die durch die Lebenseinstellung mitbestimmt wird. Sobald man die Seele einer Person lieben lernt, lernt man die Persönlichkeit auf einer höheren, und wenn ich sagen darf, besseren Ebene kennen. Dies ermöglicht den Einblick in die Zukunft sowie in die mögliche gemeinsame Zukunft. Man erkennt die Möglichkeiten, die man mit dieser Person in der Zukunft erreichen könnte. Diese Möglichkeiten können allerdings bei gleicher Politik, bei gleicher Moral, bei gleicher Wahrheit über das Leben zu unglaublichen Glücksgefühlen führen. Diese Glücksgefühle, die einem durch die Vision, eine glückliche Zukunft mit einer geliebten Person leben zu können, verliehen werden, lassen die Augen leuchten und das Herz schneller schlagen. An diesen Punkt gelangten wir nur fast. Ich denke, wenn ich erwähnen würde, dass wir dies vermochten, dann wäre Platon gewiss nicht einverstanden gewesen. Ich denke, in dieser Zeit war ich glücklich ohne Bedingungen. Ohne Kompromisse und Hinterfragungen. Wir waren einfach glücklich. Ich wollte nirgendwo anders sein als bei ihr. Ich hatte, was ich begehrte. Platon ebenfalls: Wenn wir haben, was wir begehren, macht uns dies glücklich. Wir begehrten uns so sehr und konnten unserem Glück noch kein Vertrauen schenken. Wir wussten, was wir hatten, und schätzten dies. Doch die Tage verstrichen und wir hatten nicht mehr alle Zeit der Welt. Wir erkannten den baldigen Mangel, den wir erleiden sollten. Wir erkannten den unvermeidlichen Abschied. Die Tage wurden gezählt, ebenfalls die Stunden und der Tag des Verabschiedens stand bevor. Also wurde unsere Zweisamkeit vom Schicksal herbeigeführt sowie wieder getrennt. Somit verloren wir physisch, was wir begehrten: uns gegenseitig. An diesem Punkt begannen die ersten Anzeichen des Leidens. Doch ebendies gab unserer Beziehung diese gewisse Leidenschaft. Denn unser Zusammensein wurde nicht mehr selbstverständlich. Wir konnten uns nicht noch kurz am Sonntagabend treffen, um unsere Seelen wieder mit Liebe zu füllen. Wir bemerkten, wie die Leidenschaft von einer lodernden Flamme zu einem ganzen Lagerfeuer wurde. Das Begehren, das entstand, da wir uns nicht mehr hatten, konnte nicht gestillt werden. Wir waren in einer Spirale der Leidenschaft. Die Liebe wird oft erst bei der Trennung bemerkt. Wenn sich Liebende streiten und auf Abstand gehen, bekommt die Einsamkeit einen bitteren Nachgeschmack von Verlustängsten. Bei uns war es nicht die Leidenschaft, die fehlte. Es war die Erkenntnis an der Wahrheit. Wir hatten nicht die Erfahrung, um eingestehen zu können, dass unsere Liebe zwar stark ist, aber wir an unseren Begehren zugrunde gehen. Denn wenn wir haben, was wir begehren, macht uns dies glücklich. Dies wurde zu einem unstillbaren Mangel. Denn ich begehrte, was ich nicht hatte. Doch das Schlimmste an dieser Situation war, dass ich begehrte, was ich nicht hatte, aber haben könnte. Ich konnte meinem Mangel kein Ende setzen. Ich habe Durst und kann diesen glücklicherweise stillen. Ich habe Hunger und kann mir etwas kochen oder ganz einfach mich dem 21. Jahrhundert bedienen und ein Takeaway-Restaurant besuchen. Ich sehnte mich nach ihr. Ich begehrte sie so sehr und doch konnte ich sie nicht haben. Platon meinte: Die Liebe sei Mangel. Dann gäbe es laut Aragon und Schopenhauer keine glückliche Liebe.

Konnte es sein, dass ich nun eine Person in meinem Leben hatte, die mich aufrichtig liebte, aber ich diese Liebe nicht genießen konnte? War es das, was mein Schicksal mit mir plante? Eine verzweifelte Liebe. Eine Liebesgeschichte, in der sich die Liebenden nicht lieben können. Von denen gibt es unzählige. Romeo und Julia sowie Hamlet sind nur zwei der bekanntesten Tragödien. Beide kombinieren das Stilelement der Leidenschaft mit dem dazugehörigen Mangel. Der wohl bekannteste Film aller Zeiten, Titanic, hat die ganze Welt berührt mit der umtreibenden Leidensgeschichte. Die junge Liebe, die nicht sein darf. Die Leidenschaft wird ins Unendliche getrieben durch die Unmöglichkeit, zusammen zu sein. Die Liebenden begehren sich so sehr, es brennt ihnen auf den Nägeln, dieses Begehren auszuleben. Dieser Sturm der Begierde konnte auch durch die Vernunft nicht mehr zurückgehalten werden. Die Protagonisten liebten sich in einem heutigen Oldtimer. Die wohl meist erhoffte Szene eines Filmes, die mit den Stilelementen der Liebesglut gekonnt die innere Leidenschaft fantasieren lässt. Die Szene, die dem innerlichen Trieb der menschlichen Begierden keine Scheuklappen aufsetzen will. Alles spielte hin zu diesem Moment. Der Klimax der Geschichte, der zum Höhepunkt führte und darüber hinaus, und das in mehreren Ansichten. Böse Zungen und Realisten, meistens Pessimisten, gehen davon aus, dass diese Liebesgeschichte auf der Titanic nie stattgefunden hat. Doch ob diese nun wahr oder falsch ist, ist irrelevant. Aufzeigen möchte ich, dass die Leidenschaft all unser Denkvermögen auf ein primitives Minimum reduziert. Wenn wir dem Sexualtrieb unterlegen sind, kommen wir unserer tierischsten Erscheinungsform so nahe wie sonst nie. Die Sexualität, ein verschwiegenes Thema der Gesellschaft. Unter Freunden werden immer wieder ein paar Worte über den Trieb des

Menschen gewechselt. Filme und andere Medien erzielen hohe Verkaufszahlen dadurch. Aber in Gegenwart weniger vertrauter Menschen, oder bei Personen, bei denen dieses Thema unangenehm wäre, wird selten bis gar nicht über Sexualität gesprochen. Ein Thema, das uns unserer Menschlichkeit beraubt. Doch eben genau dies macht uns zu biologischen Lebewesen. Wir leben und leiden sowie wir lieben und sterben. Diese Darstellung des menschlichen Verlangens sollte meine Melancholie besser beschreiben können. Ich liebte, doch ich konnte diese Liebe nicht ausleben. Es staute sich diese Begierde an. Man könnte mich verurteilen und mich als triebgesteuerten Mann bezeichnen. Doch mit dieser paradigmatisierten Art über die Sexualität zu reden, kommt meiner Meinung daher, dass jeder versucht, sich über die Natur zu stellen. Ich war in einem Dilemma, durch die Liebe und Zuneigung, die ich nicht geben konnte. Dies führte zu dem Punkt, dass ich bei unserer erneuten Begegnung am Flughafen nach sechsstündiger Reise, als ich sie wieder in dem Arm nehmen konnte, zittern musste. Ich zitterte so stark. All meine Emotionen und all das, was ich angestaut hatte, erlösten sich in diesem Moment. Nun also hatten wir uns wieder für einige Zeit. Und unsere Märchenwelt wurde wiederaufgebaut. Wir waren glücklich, denn wir hatten wieder, was wir begehrten. Das Paradies zweier junger Menschen, die in Liebe ohne einen alltäglichen Beschäftigungsstress zusammenleben können, überkam uns ein weiteres Mal.

Schlusswort

Am heutigen Tag, etliche Monate später, haben wir uns noch immer nicht gesehen und wir sind auch nicht mehr zusammen. Unsere künstliche Zweisamkeit verlor an Glaubwürdigkeit, indem wir erkannten, dass wir zwar in einer Beziehung und sozusagen zusammen sind, doch zusammen waren wir in dieser Zeit nie wirklich. Wir hatten beide ein völlig anderes Umfeld. Wir lebten in einer anderen Welt, hatten eine andere Zeitzone und der Kontakt ging immer mehr verloren. Ich erkannte, dass diese Situation, allein mit meiner Hoffnung, nicht mehr erhalten bleiben konnte. Es benötigte eine längerfristige Lösung und/oder den Willen beider, um dieses Bündnis aufrechterhalten zu können. Nun stellte ich sie mit meiner neuen Einstellung und Mentalität vor ein Ultimatum, indem ich ihr sagte, dass es für eine Beziehung unserer Art zwei Menschen bräuchte, die fest an diese Konstellation glaubten. Es benötige zwei, die nur einen Menschen wollen und niemand anderen und dass dies durch unsere knifflige Situation auch situationsgemäß gezeigt werden sollte. Ich erwähnte, dass ich dazu bereit sei, dies durchzuziehen, da ich sie ja liebte. Aber wenn sie nicht dazu bereit sei, dann müssten wir uns wohl oder übel trennen. Eine Trennung mit Sofia klingt bis heute so fremd. Es fühlte sich immer so an, als hätte ich den Beziehungsmarkt für immer verlassen. Dieses Thema wurde von uns immer als unwahrscheinlich behandelt. Solange die Hoffnung bestand, hatten wir uns eine Trennung nie vorstellen können. Wir erkannten dies und hatten immer schnell das Thema gewechselt, um uns auch zu zeigen, dass es nicht einmal erwähnenswert wäre, darüber zu reden. Doch nun an diesem Tag, an dem ich im schönen Maggiatal der Schweiz mit dem Bus an den Palmen entlang in Richtung Sonnenuntergang fuhr, wartete ich auf die Antwort meiner Freundin. Nun, dies war das Ende unserer Beziehung. Sie fing so märchenhaft und romantisch an, und trotz allem endete sie durch die heutigen Kommunikationswege. Wir gaben uns nicht einmal die Mühe, miteinander zu telefonieren. Ich denke, wir beide waren müde, unsere Seelen durch den Bildschirm eines Handys verbinden zu wollen. Nun also sah ich den Sonnenuntergang über der Bergkuppe, blickte über die Maggia durch die Glasscheibe und die Welt blieb stehen. Ich war erleichtert. Mein Herz hatte alle Hoffnung aufgegeben und vermochte, wieder aufzuatmen. Ich verbannte die Geschichte aus meinen Gefühlswelten und ließ sie in meinem Verstand nieder. Ich transportierte schwere Gefühle des Herzens in mein Gehirn. Dort wurden sie zu Gedanken verarbeitet, die nicht mehr das Herz belasten konnten. Das Leiden hatte ich bereits hinter mir. Bei diesem Prozess ging es darum, loslassen zu können. Es ging darum, nach all den Leiden die Hoffnung abzugeben, um wieder Fuß fassen zu können. Es ging darum, wieder in der Realität zu stehen. Ich kam in Locarno an, stieg aus dem Bus und freute mich, mein Herz wieder für neue Dinge öffnen zu können.

Einige Zeit verging und ich fing an, diese Zeilen zu schreiben. Wir haben gelegentlich Kontakt und verstehen uns gut. Ich versuche, eine Begegnung mit ihr zu inszenieren, doch wirklich vorstellen kann ich mir dies nicht. Ich denke daran, dass wir, als wir uns das letzte Mal sahen, noch in einer Beziehung waren. Dass wir uns beim letzten Abschied versicherten, wie sehr wir uns liebten und dass wir uns wiedersehen würden. Ich kann mich noch genau an diesen Moment erinnern. Wie die Zeit Dinge verändern kann, ist unglaublich. Ich hätte bei weitem, in jenem Augenblick, nie gedacht, dass mir all dies widerfahren würde. Eine Begegnung mit ihr lässt mir viele Fragen offen. Werden wir uns wieder verlieben und wird sich dieses ganze Szenario wiederholen? Dies könnte sein. Ich weiß es nicht und ich kann es mir nicht ausmalen. Die Vorstellung, dass es nicht so sein wird, macht mich ebenfalls traurig. Dies würde heißen, dass alle Erinnerungen vergessen und verbannt wären. Es würde bedeuten, dass wirklich alles vergänglich wäre. Wir trennten uns mit dem eindeutigen Ausdruck, dass dies nur eine Pause sei, bis wir wieder Zeit für uns hätten. Doch nun denke ich mir, wenn wir uns wiedersehen würden, dann hätten wir ja wieder Zeit für uns. Auch wenn nur für eine kurze Zeit. In dieser Zeit wieder zusammen sein? Dies würde alle verheilten Narben wieder aufreißen. Wir hätten erneut eine wunderschöne Zeit und könnten unsere Geschichte weiterleben. Doch ein Abschied wäre wieder unausweichlich. Meine Seele wäre wieder am Zittern und die Hoffnung würde wieder der Büchse der Pandora entfliehen. Würden wir uns nach dieser Zeit der Zweisamkeit wieder trennen? Ich denke, dies wäre der Fall, da wir beide aus unseren Erfahrungen gelernt haben. Doch wenn nicht, könnte es sein, dass sich all dies ein oder sogar mehrere Male wiederholt? Ganz ehrlich: ja. Ich befragte meine Seele und bekam keine definitive Antwort. Ich sah in den Spiegel und erkannte, dass dies die Wahrheit war. Ich wäre bereit, nach all den Leiden wieder mit ihr zusammen zu sein. Entweder vergaß ich, wie intensiv ich litt, oder ich vergaß nicht die Schönheit der Liebe. Die Schönheit ihrer Liebe. Die, welche mich bis heute beschäftigt. Diejenige, die ich hatte und dann verlor. Derjenigen, der ich vertraute und von der ich verraten wurde. Ich konnte sie nicht behalten und dies machte sie so begehrenswert. Ich traf bisweilen wieder Frauen. Mit einigen hatte ich auch eine engere Beziehung als zu anderen. Ich bemerkte, mich erneut zu verlieben. Doch diese Gefühle wurden aufgehalten durch Sofia, die mir ein ganz anderes Gefühl gab. Ich erlöste und verfluchte mich zur gleichen Zeit. Sie gab der Liebe eine so starke Ausdrucksform, die ich standardisierte. Ich war davor, mich zu verlieben, aber konnte meinen Gefühlen keinen freien Lauf lassen, da ich wusste, was mich erwarten könnte, weil meine Erwartungen an die Liebe hoch waren.

Meine Geschichte soll weder mitleiderregend sein noch dramatisch mein Leben inszenieren. Ich kann noch immer die Schmerzen und die Unverständlichkeit nachempfinden, die ich dazumal hatte durchleiden müssen. Somit wollte ich den Erzählungen nicht die Intensität nehmen und entschied mich, meine emotional intensivste Seite nicht vorzuenthalten. Die Zeilen umschreiben, wie ich litt und Kummer hatte. Sie lassen den Leser wissen, wie mir geschah. Ich behaupte durch und durch, keine emotional ausschlagende Persönlichkeit zu sein. Mir ist stets möglich, den ganzen Tag die gleiche Stimmung zu haben. Doch eben genau dieser Fakt sollte aufzeigen, wie stark die Liebe sein kann. Sie kann einen Menschen brechen, ihn in seine Einzelteile zerlegen, die er dann wieder ohne Bauplan zusammenzulegen versucht. Sie verändert Menschen und lässt dies nicht bemerkbar machen. Ich bereue nichts. Ich bin mir des Wertes dieser Erfahrung bewusst. Diese Erfahrung wird mein Leben prägen und meine Ansicht auf die Liebe gewaltig verändern. Ich hatte bis zu Beginn dieser Geschichte keine vergleichbare Möglichkeit, die Liebe zu erkunden. Die Frau, die mich verzauberte, war meine erste Liebe. Und was für eine! Es wurde ein Sturz ins kalte Wasser. Eine Herkulesaufgabe, gerade zu Beginn meines Lebens. Ich meisterte diese Aufgabe bei Weitem nicht souverän, doch ich bin mir der Fehler bewusst, aus denen ich große Lehren ziehen konnte. Ich verlangte nach nichts, traf Eros, der mir die paradiesische Landschaft seiner Welt zeigte. Diesem folgte ich, berauscht von der Vollkommenheit, die er mir bot. Geblendet achtete ich nicht mehr auf meine Füße. Diesen Augenblick nutzte Eros aus, um mich über die Klippe seiner Welt zu werfen. Ich landete beim Hass, der mich nicht mehr gehen ließ, bis ich seine Aufgaben erledigt hatte. Er versprach mir die Freiheit, sobald ich alles an Eros vergaß und die Hoffnung aufgab, wieder in seinen Fängen zu leben. Er erklärte mir, wie sehr er Eros hasse, doch aber ohne ihn nicht leben könne. Sie würden in einer Symbiose leben, die genährt würde, mit jungen Damen und Herren, die nicht auf ihre Füße achten würden. Er erklärte, dass eine Rückkehr zu Eros in einem Desaster enden würde, da dieser wieder eine Gelegenheit finden würde, mich über den Rand zu werfen. Ja, dieser Eros mit seiner Liebe ist heimtückisch und trügerisch. „Man sollte ihm nicht trauen", sagte mir der Hass. Er meinte, ich solle aus ihren Welten flüchten und für mich selbst sorgen. Mir selbst den Wert zusprechen, den mir Eros gegeben hatte. Oder auch ich werde ein ewiger Teil dieser Symbiose sein.

FÜR AUTOREN A HEART FOR AUTHORS À L'ÉCOUTE DES AUTEURS MIA KAPΔIA ΓIA
ΗΑΡΤΑ FÖR FÖRFATTARE UN CORAZÓN POR LOS AUTORES YAZARLARIMIZA GÖNÜL VEREL
ΗΟRΕ PER AUTORI ET HJERTE FOR FORFATTERE EEN HART VOOR SCHRIJVERS TEMOS OS
ΖÖINKÉRT SERCE DLA AUTORÓW EIN HERZ FÜR AUTOREN A HEART FOR AUTHORS À L
ΒΟ ВСЕЙ ДУШОЙ К АВТОРАМ ETT HJÄRTA FÖR FÖRFATTARE À LA ESCUCHA DE LOS
URS MIA KAPΔIA ΓIA ΣΥΓΓΡΑΦΕΙΣ UN CUORE PER AUTORI ET HJERTE FOR FORFATTER
ARMIZA ΖÖINKÉRT SERCE DLA AUTORÓW EIN HE
ΑΓΑΟ ΒΟ ВСЕЙ ДУШОЙ К АВТОРАМ ETT HJÄR

Der Autor

Nachdem der im Jahr 1998 in der Schweiz
geborene Henrik Stolz seine Berufsausbildung
abschloss, ging er in den Süden Frankreichs,
motiviert sich Französisch beizubringen. Dort
traf er seine erste große Liebe und zukünftige
Fernbeziehung. Das Unverständnis und die unbekannte Situation, die daraus entstanden, sind
die Grundlagen seines Buches „Spiel mir das Lied
der Liebe". Seine schriftstellerischen Fähigkeiten,
die er schon früh als Sohn einer Drehbuchau-
torin erkannte, halfen ihm die Leiden der Liebe
zu verarbeiten. Spielerisch kombiniert er seine
Erfahrung durch drei Perspektiven: das am Tag
Erlebte, das am Tag Gefühlte und die anschlie-
ßende Analyse. Authentisch ermöglicht sein Buch
Einblicke in die Gefühle eines jungen Mannes,
der die Liebe nicht suchte, aber entdeckte.

Der Verlag

*Wer aufhört
besser zu werden,
hat aufgehört
gut zu sein!*

Basierend auf diesem Motto ist es dem novum Verlag
ein Anliegen neue Manuskripte aufzuspüren, zu ver-
öffentlichen und deren Autoren langfristig zu fördern.
Mittlerweile gilt der 1997 gegründete und mehrfach
prämierte Verlag als Spezialist für Neuautoren in
Deutschland, Österreich und der Schweiz.

**Für jedes neue Manuskript wird innerhalb
weniger Wochen eine kostenfreie, unverbind-
liche Lektorats-Prüfung erstellt.**

Weitere Informationen zum Verlag und
seinen Büchern finden Sie im Internet unter:

www.novumverlag.com